回忆是生命的礼物

丰子恺／季羡林／史铁生等 —————— 著

百花洲文艺出版社
BAIHUAZHOU LITERATURE AND ART PRESS

这回忆一面使我神往，
一面又使我永远忏悔。

目录

Contents

01

第一辑 何有此生，莫忘来路

目录

Contents

第二辑 回忆时，我温柔

03

第三辑 愿时光能缓，故人不散

目录 Contents

第四辑 当时只道是寻常

05

第五辑　岁月，太匆匆

第一辑

何有此生，莫忘来路

回忆是生命的礼物

忆儿时

丰子恺

一.

我回忆儿时，有三件不能忘却的事。

第一件是养蚕。那是我五六岁时，我的祖母在世的事。我祖母是一个豪爽而善于享乐的人，良辰佳节不肯轻轻放过。养蚕也每年大规模地举行。其实，我长大后才晓得，祖母养蚕并非专为图利，叶贵的年头常要蚀本，然而她喜欢这暮春的点缀，故每年大规模地举行。我所喜欢的，最初是蚕落地铺。那时我们的三开间的厅上、地上统是蚕，架着经纬的跳板；以便通行及饲叶。蒋五伯挑了担到地里去采叶，我与诸姐跟了去，去吃桑葚。蚕落地铺的时候，桑葚已很紫很甜了，比杨梅好吃得多。我们吃饱之后，又用一张大叶做一只碗，采了一碗桑葚，跟了蒋五伯回来。蒋五伯饲蚕，我就可以走跳板为戏乐，常常失足翻落地铺里，压死许多蚕宝宝，祖母忙喊蒋五伯抱我起来，不许我再走。然而这满屋的跳板，像棋盘街一样，又很低，走起来一点也不怕，真有乐趣。这真是一年一度的难得的乐事！所以虽然祖母禁止，我总是每天要去走。

蚕上山之后，全家静静守护，那时不许小孩子们吵了，我暂时感到沉闷。然而过了几天，采茧、做丝，热闹的空气又浓起来。我们每年照例请牛桥头七娘娘来做丝。蒋五伯每天买枇杷和软糕来给采茧、做丝、烧火的人吃。大家认为现在是辛苦而有希望的时候，应该享受这点心，都不客气地取食，我也无功受禄地天天吃多量的枇杷与软糕，这又是乐事。

七娘娘做丝休息的时候，捧了水烟筒，伸出她左手上的短少半段的小指给我看，对我说："做丝的时候，丝车后面，是万万不可走近去的。"她的小指，便是小时候不留心被丝车轴棒轧脱的。她又说："小囝囝不可走近丝车后面去，只管坐在我身旁，吃枇杷，吃软糕。还有做丝做出来的蚕蛹，叫妈妈油炒一炒，真好吃哩！"然而我始终不要吃蚕蛹，大概是我爸爸和诸姐都不吃的缘故。我所乐的，只是那时候家里的非常的空气。日常固定不动的堂窗、长台、八仙椅子，都收拾去，而变成不常见的丝车、匾、缸。又不断地公然地可以吃小食。

丝做好后，蒋五伯口中唱着“要吃枇杷，来年蚕罢”，收拾丝车，恢复一切陈设。我感到一种兴尽的寂寥。然而对于这种变换，倒也觉得新奇而有趣。

现在我回忆这儿时的事，常常使我神往！祖母、蒋五伯、七娘娘和诸姐都像童话里、戏剧里的人物了。且在我看来，他们当时这剧的主人公便是我。何等甜美的回忆！只是这剧的题材。现在我仔细想想觉得不好：养蚕做丝，在生计上原是幸福的，然其本身是数万的生灵的杀虐！《西青散记》里面有两句仙人的诗句：“自织藕丝衫子嫩，可怜辛苦赦春蚕。”安得人间也发明织藕丝的丝车，而尽赦天下的春蚕的性命！

我七岁上祖母死了，我家不复养蚕。不久父亲与诸姐弟相继死亡，家道衰落了，我的幸福的儿时也过去了。因此这回忆一面使我永远神往，一面又使我永远忏悔。

二.

第二件事不能忘却的事，是父亲的中秋赏月。而赏月之乐的中心，在于吃蟹。

我的父亲中了举人之后，科举就废，他无事在家，每天吃酒、看书。他不要吃羊、牛、猪肉，而喜欢吃鱼、虾之类。而对于蟹，尤其喜欢。自七八月起直到冬天，父亲平日的晚酌规定吃一只蟹，一碗隔壁豆腐店里买来的开锅热豆腐干。他的晚酌，时间总在黄昏。八仙桌上一盏洋油灯，一把紫砂酒壶，一只热豆腐干的碎瓷盖碗，一把水烟筒，一本书，桌子角上一只端坐的老猫，我脑中这印象非常深刻，到现在还可以清楚地浮现出来。我在旁边看，有时他给我一只蟹脚或半块豆腐干。然我喜欢蟹脚。蟹的味道真好，我们五个姊妹兄弟都喜欢吃，也是为了父亲喜欢吃的缘故。只有母亲与我们相反，喜欢吃肉，而不喜欢又不会吃蟹，吃的时候常常被蟹螯上的刺刺破手指，出血；而且抉剔得很不干净。父亲常常说她是外行。父亲说："吃蟹是风雅的事。吃法也要内行才懂得。先折蟹脚，后开蟹斗……脚上的拳头（即关节）里的肉怎样才能吃干净，脐里的肉怎样可以剔……脚爪可以当作剔肉的针……，蟹螯上的骨头可以拼成一只很好看的蝴蝶……"父亲吃蟹真是内行，吃得非常干净。所以陈妈妈说："老爷吃下来的蟹壳，真是蟹壳。"

蟹的储藏所，就在开井角落里的缸里，经常总养着十来只。到了七夕、七月半、中秋、重阳等节候上，缸里的蟹就满了，那时我们都有得吃，而且每人得吃一大只，或一只半。尤其是中秋一天，兴致更浓。在深黄昏，移桌子到隔壁的白场上的月光下面去吃。更深人静，明月底下只有我们一家的人，恰好围成一桌，此外只有一个供差使的红英坐在旁边。大家谈笑，看月亮，他们——父亲和诸姐——直到月落明光，我则半途睡去，与父亲和诸姐不分而散。

这原是为了父亲嗜蟹，以吃蟹为中心而举行的。故这种夜宴，不仅限于中秋，有蟹的季节里的月夜，无端也要举行数次。不过不是良辰佳节，我们少吃一点，有时两人分吃一只。我们都学父亲，剥得很精细，剥出来的肉不是立刻吃的，都积赞在蟹斗里，剥完之后，放一点姜醋，拌一拌，就作为下饭的菜，此外没有别的菜了。因为父亲吃菜是很省的，而且他说蟹是至味，吃蟹时混吃别的菜肴，是乏味的。我们也学他，半蟹斗的蟹肉，过两碗饭还有余，就可得父亲的称赞，又可以白口吃余下多的蟹肉，所以大家都勉励节省。现在回想那时候，半条蟹腿肉要过两大口饭，这滋味真好！自父亲去世以后，我不曾再尝这种好滋味，现在回想那时候，我已经自己做父亲，况且已经茹素，当然永远不会再尝这滋味了。唉！儿时欢乐，何等使我神往！

然而这一剧的题材，仍是生灵的杀虐！因此这回忆一面使我永远神往，一面又使我永远忏悔。

三.

第三件不能忘却的事，是与隔壁豆腐店里的王囡囡的交游，而这交游的中心，在于钓鱼。

那是我十二三岁时的事，隔壁豆腐店里的王囡囡是当时我的小伴侣中的大阿哥。他是独子，他的母亲、祖母和大伯，都很疼爱他，给他许多的钱和玩具，而且每天放任他在外游玩。他家与我家贴邻而居。我家的人们每天赴市，必须经过他家的豆腐店的门口，两家的人们朝夕相见，互相来往。小孩子们也朝夕相见，互相来往。此外他家对于我家似乎还有一种邻人以上的深切的交谊，故他家的人对于我特别要好，他的祖母常常拿自产的豆腐干、豆腐衣等来送给我父亲下酒。同时在小侣伴中，王囡囡也特别和我要好。他的年纪比我大，气力比我好，生活比我丰富，我们一道游玩的时候，他时时引导我，照顾我，犹似长兄对于幼弟。我们有时就在我家的染坊店里的榻上玩耍，有时相偕出游。他的祖母每次看见我俩一同玩耍，必叮嘱囡囡好好看待我，勿要相骂，我听人说，他家似乎曾经患难，而我父亲曾经帮他们忙，所以他家大人们吩咐王囡囡照应我。

我起初不会钓鱼，是王囡囡教我的。他叫大伯买两副钓竿，一副送我，一副他自己用。他到米桶里去捉许多米虫，浸在盛水的罐头里，领我到木场桥去钓鱼。他教给我看，先捉起一个米虫来，把钓钩从虫尾穿进，直穿到头部。然后放下水去。他又说："浮珠动一动，你要立刻拉，那么钩子钩住鱼的颚，鱼就逃不脱。"我照他所教的试验，果然第一天钓了十几头白条，然而都是他帮我拉钓竿的。

第二天，他手里拿了半罐头扑杀的苍蝇，又来约我去钓鱼。途中他对我说："不一定是米虫，用苍蝇钓鱼更好。鱼喜欢吃苍蝇！"这一天我们钓了一小桶各种的鱼。回家的时候，他把鱼桶送到我家里，说他不要。我母亲就叫红英去煎一煎，给我下晚饭。

自此以后，我只管喜欢钓鱼。不一定要王囡囡陪去，自己一人也去钓，又学得了掘蚯蚓来钓鱼的方法。而且钓来的鱼，不仅够自己下晚饭，还可送给店里的人吃，或给猫吃。我记得这时候我的热心钓鱼，不仅出于游戏欲，又有几分功利的兴味在内。有三四个夏季，我热心于钓鱼，给母亲省了不少的菜蔬钱。

后来我长大了，赴他乡入学，不复有钓鱼的工夫。但在书中常常读到赞咏钓鱼的文句，例如什么"独钓寒江雪"，什么"渔樵度此身"，才知道钓鱼原来是很风雅的事。后来又晓得所谓"游钓之地"的美名称，是形容人的故乡的。我大受其煽惑，为之大发牢骚：我想钓鱼确是雅的，我的故乡，确是我的游钓之地，确是可怀的故乡。但是现在想想，不幸而这题材也是生灵的杀虐！

我的黄金时代很短，可怀念又只有这三件事。不幸而都是杀生取乐，都使我永远忏悔。

我的童年

季羡林

回忆起自己的童年来，眼前没有红，没有绿，是一片灰黄。

七十多年前的中国，刚刚推翻了清代的统治，神州大地，一片混乱，一片黑暗。我最早的关于政治的回忆，就是“朝廷”二字，当时的乡下人管当皇帝叫坐朝廷，于是“朝廷”二字就成了皇帝的别名。我总以为朝廷这种东西似乎不是人，而是有极大权力的玩意儿。乡下人一提到它，好像都肃然起敬。我当然更是如此。总之，当时皇威犹在，旧习未除，是大清帝国的继续，毫无万象更新之象。

我就是在这新旧交替的时刻，于1911年8月6日，生于山东省清平县（现改临清市）的一个小村庄——官庄。当时全中国的经济形势是南方富而山东（也包括北方其它省份）穷。专就山东论，是东部富而西部穷。我们县在山东西部又是最穷的县，我们村在穷县中是最穷的村，而我们家在全村中又是最穷的家。

我们家据说并不是一向如此。在我诞生前似乎也曾有过比较好的日子。可是我降生时祖父、祖母都已去世。我父亲的亲兄弟共有三人，最小的一个（大排行是第十一，我们把他叫十一叔）送给了别人，改了姓。我父亲同另外的一个弟弟（九叔）孤苦伶仃，相依为命，房无一间，地无一垄，两个无父无母的孤儿，活下去是什么滋味，活着是多么困难，概可想见。他们的堂伯父是一个举人，是方圆几十里最有学问的人物，做官做到一个什么县的教谕，也算是最大的官。他曾养育过我父亲和叔父，据说待他们很不错，可是家庭大，人多是非多。他们俩有几次饿得到枣林里去拣落到地上的干枣充饥，最后还是被迫弃家（其实已经没了家）出走，兄弟俩逃到济南去谋生。

“文化大革命”中我自己“跳出来”反对那一位臭名昭著的“第一张马列主义大字报”的作者，惹得她大发雌威，两次派人到我老家官庄去调查，一心一意要把我“打成”地主。老家的人告诉那几个“革命”小将，说如果开诉苦大会，季羡林是官庄的第一名诉苦者，他连贫农都不够。

我父亲和叔父到了济南以后，人地生疏，拉过洋车，扛过大件，当过警察，卖过苦力。叔父最终站住了脚。于是兄弟俩一商量，让我父亲回老家，叔父一个人留在济南挣钱，寄钱回家，供我的父亲过日子。

我出生以后，家境仍然是异常艰苦：一年吃白面的次数有限，平常只能吃红高粱面饼子；没有钱买盐，把盐碱地上的土扫起来，在锅里煮水，腌咸菜，什么香油，根本见不到，一年到底，就吃这种咸菜。举人的太太，我管她叫奶奶，她很喜欢我。我三四岁的时候，每天一睁眼，抬腿就往村里跑（我们家在村外），跑到奶奶跟前，只见她把手一卷，卷到肥大的袖子里面，手再伸出来的时候，就会有半个白面馒头拿在手中，递给我，我吃起来，仿佛是龙胆凤髓一般，我不知道天下还有比白面馒头更好吃的东西。这白面馒头是她的两个儿子（每家有几十亩地）特别孝敬她的。她喜欢我这个孙子，每天总省下半个，留给我吃。在长达几年的时间内，这是我每天最高的享受，最大的愉快。

大概到了四五岁的时候，对门住的宁大婶和宁大姑，每到夏秋收割庄稼的时候，总带我走出去老远到别人割过的地里去拾麦子或者豆子、谷子。一天辛勤之余，可以拣到一小篮麦穗或者谷穗。晚上回家，把篮子递给母亲，看样子她是非常欢喜的。有一年夏天，大概我拾的麦子比较多，她把麦粒磨成面粉，贴了一锅死面饼子。我大概是吃出味道来了，吃完了饭以后，我又偷了一块吃，让母亲看到了，赶着我要打。我当时是赤条条浑身一丝不挂，我逃到房后，往水坑里一跳。母亲没有法子下来捉我，我就站在水中把剩下的白面饼子尽情地享受了。

现在写这些事情还有什么意义呢？这些芝麻绿豆般的小事是不折不扣的身边琐事，使我终生受用不尽。它有时候能激励我前进，有时候能鼓舞我振作。我一直到今天对日常生活要求不高，对吃喝从不计较，难道同我小时候的这一些经历没有关系吗？我看到一些独生子女的父母那样溺爱子女，也颇不以为然。儿童是祖国的花朵，花朵当然要爱护，但爱护要得法，否则无异是坑害子女。

不记得是从什么时候起我开始学着认字，大概也总在四岁到六岁之间。我的老师是马景功先生。现在我无论如何也记不起有什么类似私塾之类的场所，也记不起有什么《百家姓》《千字文》之类的书籍。我那一个家徒四壁的家就没有一本书，连带字的什么纸条子也没有见过。反正我总是认了几个字，否则哪里来的老师呢？马景功先生的存在是不能怀疑的。

虽然没有私塾，但是小伙伴是有的，我记得最清楚的有两个：一个叫杨狗，我前几年回家，才知道他的大名，他现在还活着，一字不识；另一个叫哑巴小（意思是哑巴的儿子），我到现在也没有弄清楚他姓甚名谁。我们三个天天在一起玩，洑水、打枣、捉知了、摸虾，不见不散，一天也不间断。后来听说哑巴小当了山大王，练就了一身蹿房越脊的惊人本领，能用手指抓住大庙的椽子，浑身悬空，围绕大殿走一周。有一次被捉住，是十冬腊月，赤身露体，浇上凉水，被捆起来，倒挂一夜，仍然能活着。据说他从来不到宫庄来作案，"兔子不吃窝边草"，这是绿林英雄的义气。后来终于被捉杀掉。我每次想到这样一个光着屁股游玩的小伙伴竟成为这样一个"英雄"，就颇有骄傲之意。

我在故乡只待了六年，我能回忆起来的事情还多得很，但是我不想再写下去了。已经到了同我那一个一片灰黄的故乡告别的时候了。

我六岁那一年，是在春节前夕，公历可能已经是1917年，我离开父母，离开故乡，是叔父把我接到济南去的。叔父此时大概日子已经可以了。他兄弟俩只有我一个男孩子，想把我培养成人，将来能光大门楣，只有到济南去一条路。这可以说是我一生中最关键的一个转折点，否则我今天仍然会在故乡种地（如果我能活着的话）。这当然算是一件好事，但是好事也会有成为坏事的时候。"文化大革命"中间，我曾有几次想到：如果我叔父不把我从故乡接到济南的话，我总能过一个浑浑噩噩但却舒舒服服的日子，哪能被"革命家"打倒在地，身上踏上一千只脚还要永世不得翻身呢？呜呼，世事多变，人生易老，真叫做没有法子！

到了济南以后，过了一段难过的日子；一个六七岁的孩子离开母亲，他心里会是什么滋味，非有亲身经历者，实难体会。我曾有几次从梦里哭着醒来。尽管此时不但能吃上白面馒头，而且还能吃上肉，但是我宁愿再啃红高粱饼子就苦咸菜。这种愿望当然只是一个幻想。我毫无办法，久而久之，也就习以为常了。

叔父望子成龙，对我的教育十分关心。先安排我在一个私塾里学习。老师是一个白胡子老头，面色严峻，令人见而生畏。每天入学，先向孔子牌位行礼，然后才是“赵钱孙李”。大约就在同时，叔父又把我送到一师附小去念书，这个地方在旧城墙里面，街名叫升官街，看上去很堂皇，实际上“官”者“棺”也，整条街都是做棺材的。此时“五四”运动大概已经起来了。校长是一师校长兼任，他是山东得风气之先的人物，在一个小学生眼里，他是一个大人物，轻易见不到面。想不到在十几年以后，我大学毕业到济南高中去教书的时候，我们俩竟成了同事，他是历史教员。我执弟子礼甚恭，他则再三逊谢。我当时觉得，人生真是变幻莫测啊！

因为校长是维新人物，我们的国文教材就改用了白话。教科书里面有一段课文，叫做《阿拉伯的骆驼》。故事是大家熟知的，但当时对我却是陌生而又新鲜，我读起来感到非常有趣味，简直是爱不释手。然而这篇文章却惹了祸。有一天，叔父翻看我的课本，我只看到他蓦地勃然变色，“骆驼怎么能说人话呢？”他愤愤然了：“这个学校不能念下去了，要转学！”

于是我转了学。转学手续比现在要简单得多，只经过一次口试就行了。而且口试也非常简单，只出了几个字叫我们认，我记得字中间有一个“骡”字，我认出来了，于是定为高一。另一个比我大两岁的亲戚没有认出来，于是定为初三。为了一个字，我占了一年的便宜，这也算是轶事吧！

这个学校靠近南圩子墙，校园很空阔，树木很多。花草茂密，景色算是秀丽的。在用木架子支撑起来的一座柴门上面，悬着一块木匾，上面刻着四个大字：“循规蹈矩”。我当时并不懂这四个字的涵义，只觉得笔画多得好玩而已。我就天天从这个木匾下出出进进，上学，游戏。当时立匾者的用心到了后来我才了解，无非是想让小学生规规矩矩做好孩子而已。但是用了四个古怪的字，小孩子谁也不懂，结果形同虚设，多此一举。

我“循规蹈矩”了没有呢？大概是没有。我们有一个珠算教员，眼睛长得凸了出来，我们给他起了一个绰号，叫做 shao qianr（济南话，意思是知了）。他对待学生特别蛮横。打算盘，错一个数，打一板子。打算盘错上十个八个数，甚至上百数，是很难避免的。我们都挨了不少的板子。不知是谁一嘀咕："我们架（小学生的行话，意思是赶走）他！"立刻得到大家的同意。我们这一群十岁左右的小孩也要"造反"了。大家商定：他上课时，我们把教桌弄翻，然后一起离开教室，躲在假山背后。我们自己认为这个锦囊妙计实在非常高明，如果成功了，这位教员将无颜见人，非卷铺盖回家不可。然而我们班上出了"叛徒"，虽然只有几个人，他们想拍老师的马屁，没有离开教室。这一来，大大长了老师的气焰，他知道自己还有"群众"，于是威风大振，把我们这一群不知天高地厚的"叛逆者"狠狠地用大竹板打手心打了一阵，我们每个人的手都肿得像发面馒头。然而没有一个人掉泪。我以后每次想到这一件事，觉得很可以写进我的"优胜纪略"中去。"革命无罪，造反有理"，如果当时就有那 ·位伟大的"革命家"创造了这两句口号，那该有多么好呀！

谈到学习，我记得在三年之内，我曾考过两个甲等第三（只有三名甲等），两个乙等第一，总起来看，属于上等，但是并不拔尖。实际上，我当时并不用功，玩的时候多，念书的时候少。我们班上考甲等第一的叫李玉和，年年都是第一。他比我大五六岁，好像已经很成熟了，死记硬背，刻苦努力，天天皱着眉头，不见笑容，也不同我们打闹。我从来就是少无大志，一点也不想争那个状元。但是我对我这一位老学长并无敬意，还有点瞧不起的意思，觉得他是非我族类。

我虽然对正课不感兴趣，但是也有我非常感兴趣的东西，那就是看小说。我叔父是古板人，把小说叫做“闲书”，闲书是不许我看的。在家里的时候，我书桌下面有一个盛白面的大缸，上面盖着一个用高粱杆编成的“盖垫”（济南话）。我坐在桌旁，桌上摆着《四书》，我看的却是《彭公案》《济公传》《西游记》《三国演义》等等旧小说。《红楼梦》大概太深，我看不懂其中的奥妙，黛玉整天哭哭啼啼，为我所不喜，因此看不下去。其余的书都是看得津津有味。冷不防叔父走了进来，我就连忙掀起盖垫，把闲书往里一丢，嘴巴里念起“子曰”、“诗云”来。

到了学校里，用不着防备什么，一放学，就是我的天下。我往往躲到假山背后，或者一个盖房子的工地上，拿出闲书，狼吞虎咽似的大看起来。常常是忘记了时间，忘记了吃饭，有时候到了天黑，才摸回家去。我对小说中的绿林好汉非常熟悉，他们的姓名背得滚瓜烂熟，连他们用的兵器也如数家珍，比教科书熟悉多了。自己当然也希望成为那样的英雄。有一回，一个小朋友告诉我，把右手五个指头往大米缸里猛戳，一而再，再而三，一直到几百次，上千次。练上一段时间以后，再换上砂粒，用手猛戳，最终可以练成铁砂掌，五指一戳，能够戳断树木。我颇想有一个铁砂掌，信以为真，猛练起来，结果把指头戳破了，鲜血直流，知道自己与铁砂掌无缘，遂停止不练。

学习英文，也是从这个小学开始的。当时对我来说，外语是一种非常神奇的东西，我认为，方块字是天经地义，不用方块字，只弯弯曲曲像蚯蚓爬过的痕迹一样，居然能发出音来，还能有意思，简直是不可思议。越是神秘的东西，便越有吸引力。英文对于我就有极大的吸引力。我万没有想到望之如海市蜃楼般的可望而不可即的东西竟然唾手可得了。我现在已经记不清楚，学习的机会是怎么来的。大概是一位教员会点英文，他答应晚上教一点，可能还要收点学费。总之，一个业余英文学习班很快就组成了，参加的大概有十几个孩子。究竟学了多久，我已经记不清楚，时候好像不太长，学的东西也不太多，26个字母以后，学了一些单词。我当时有一个非常伤脑筋的问题：为什么“是”和“有”算是动词，它们一点也不动嘛。当时老师答不上来；到了中学，英文老师也答不上来。当年用“动词”来译英文的 verb 的人，大概不会想到他这个译名惹下的祸根吧。

每次回忆学习英文的情景时，我眼前总有一团零乱的花影，是绛紫色的芍药花。原来在校长办公室前的院子里有几个花畦，春天一到，芍药盛开，都是绛紫色的花朵。白天走过那里，紫花绿叶，极为分明。到了晚上，英文课结束后，再走过那个院子，紫花与绿叶化成一个颜色，朦朦胧胧的一堆一团，因为有白天的印象，所以还知道它们的颜色。但夜晚眼前却只能看到花影，鼻子似乎有点花香而已。这一幅情景伴随了我一生，只要是一想起学习英文，这一幅美妙无比的情景就浮现到眼前来，带给我无量的幸福与快乐。

然而时光像流水一般飞逝，转瞬三年已过，我小学该毕业了，我要告别这一个美丽的校园了。我十三岁那一年，考上了城里的正谊中学。我本来是想考鼎鼎大名的第一中学的，但是我左衡量，右衡量，总觉得自己这一块料分量不够，还是考与“烂育英”齐名的“破正谊”吧。我上面说到我幼无大志，这又是一个证明。正谊虽“破”，风景却美。背靠大明湖，万顷苇绿，十里荷香，不啻人间乐园。然而到了这里，我算是已经越过了童年，不管正谊的学习生活多么美妙，我也只好搁笔，且听下回分解了。

综观我的童年，从一片灰黄开始，到了正谊算是到达了一片浓绿的境界——我进步了。但这只是从表面上来看，从生活的内容上来看，依然是一片灰黄。即使到了济南，我的生活也难找出什么有声有色的东西。我从来没有什么玩具，自己把细铁条弄成一个圈，再弄个钩一推，就能跑起来，自己就非常高兴了。贫困、单调、死板，固执，是我当时生活的写照。接受外面信息，仅凭五官。什么电视机、收录机，连影都没有。我小时连电影也没有看过，其余概可想见了。

今天的儿童有福了。他们有多少花样翻新的玩具呀！他们有多少儿童乐园、儿童活动中心呀！他们饿了吃面包，渴了喝这可乐、那可乐，还有牛奶、冰激凌。电影看厌了，看电视。广播听厌了，听收录机。信息从天空、海外，越过高山大川，纷纷蜂拥而来，他们才真是“儿童不出门，便知天下事”。可是他们偏偏不知道旧社会，就拿我来说，如果不认真回忆，我对旧社会的情景也逐渐淡漠，有时竟淡如云烟了。

今天我把自己的童年尽可能真实地描绘出来，不管还多么不全面，不管怎样挂一漏万，也不管我的笔墨多么拙笨，就是上面写出来的那一些，我们今天的儿童读了，不是也可以从中得到一点启发、从中悟出一些有用的东西来吗？

童年笨事

赵丽宏

如果回想一下，每个人儿时都会做过一些笨事，这并不奇怪，因为儿时幼稚，常常把幻想当成真实。做笨事并不一定是笨人，聪明人和笨人的区别在于：聪明人做了笨事之后会改，并且从中悟出一些道理，而笨人则屡错屡做，永远笨头笨脑地错下去。

我小时候笨事也做得不少，现在想起来还会忍不住发笑。

追屁.

五六岁的时候，我有个奇怪的嗜好：喜欢闻汽油的气味。我认为世界上最好闻的味道就是汽油味，比那种绿颜色的明星牌花露水气味要美妙得多。而汽油味中，我最喜欢闻汽车排出的废气。于是跟大人走在马路上，我总是拼命用鼻子吸气，有汽车开过去，鼻子里那种感觉真是妙不可言。有一次跟哥哥出去，他发现我不停地用鼻子吸气，便问："你在做什么？"我回答："我在追汽车放出来的气。"哥哥大笑道："这是汽车在放屁呀，你追屁干吗？"哥哥和我一起在马路边前俯后仰地大笑了好一阵。

笑归笑，可我的怪嗜好依旧未变，还是爱闻汽车排出来的气。因为做这件事很方便，走在马路上，你只要用鼻子使劲吸气便可以。后来我觉得空气中那汽油味太淡，而且稍纵即逝，闻起来总不过瘾，于是总想什么时候过瘾一下。终于想出办法来。一次，一辆摩托车停在我家弄堂口。摩托车尾部有一根粗粗的排气管，机器发动时会喷出又黑又浓的油气，我想，如果离那排气管近一点，一定可以闻得很过瘾。

我很耐心地在弄堂口等着，过了一会儿，摩托车的主人来了，等他坐到摩托车上，准备发动时，我动作敏捷地趴到地上，将鼻子凑近排气管的出口处等着。摩托车的主人当然没有发现身后有个小孩在地上趴着，只见他的脚用力踩动了几下，摩托车呼啸着箭一般蹿出去。而我呢，趴在路边几乎昏倒。

那一瞬间的感觉，我永远不会忘记——随着那机器的发动声轰然而起，一团黑色的烟雾扑面而来，把我整个儿包裹起来。根本没有什么美妙的气味，只有一股刺鼻的、几乎使人窒息的怪味从我的眼睛、鼻孔、嘴巴里钻进来，钻进我的脑子，钻进我的五脏六腑。我又是流泪，又是咳嗽，只感到头晕眼花、天昏地黑，恨不得把肚皮里的一切东西都呕出来……天哪，这难道就是我曾迷恋过的汽油味儿！等我趴在地上缓过一口气来时，只见好几个人围在我身边看着我发笑，好像在看一个逗人发乐的小丑。后来，猛烈喷出的油气把我的脸熏得一片乌黑，我的模样狼狈而又滑稽……

从此以后，我开始讨厌汽油味，并且逐渐懂得，任何事情，做得过分以后，便会变得荒唐，变得令人难以忍受。

囚蚁.

童年时曾经认为世界上所有的动物都可以由人来饲养，而且所有的动物都可以从小养到大，就像人一样，摇篮里不满一尺长的小小婴儿总能长成顶天立地的大巨人。连蚂蚁也不例外。在歌子里唱过“小蚂蚁，爱劳动，一天到晚忙做工”，所以对地上的蚂蚁特别有好感，常常趴在墙角或者路边仔细观察它们的活动，看它们排着队运食物、搬家，和比它们大无数倍的爬虫和飞虫们作战……大约是五岁的时候，有一天我和妹妹忽发奇想：为什么不能把蚂蚁们放到玻璃瓶里养起来呢？像养小鸡小鸭那样养它们，给它们吃，给它们喝，它们一定会长大，长得比蟋蟀和蝈蝈们还要大。

这件事情并不复杂。找一个有盖子的玻璃药瓶，然后将蚂蚁捉到瓶子里，我们一共捉了十五只蚂蚁，再旋紧瓶盖。这样，这十五只蚂蚁便有了一个透明整洁的新家。我和妹妹兴致勃勃地观察着蚂蚁们在瓶子里的动静，只见它们不停地摇动着头顶的两根触须，急急忙忙地在瓶子里上下来回地走动，似乎在寻找什么。我想它们大概是饿了，便旋开瓶盖投进一些饭粒，可它们却毫无兴趣，依然惊惶不安地在瓶里奔跑。它们肯定在用它们的语言大声喊叫，可惜我听不见……第二天早晨起来第一件事情就是看玻璃瓶里的蚂蚁。只见那十五只蚂蚁横七竖八躺在瓶底下，安安静静地一动也不动，它们全都死了。我和妹妹很是伤心了一阵，想了半天，得出结论：是因为药瓶里不透气，蚂蚁们是闷死的。（现在想起来更可能是瓶里药味使小蚂蚁们送了命。）

原因既已找到，新的办法便随之而来。我找来一只火柴盒子，准备为蚂蚁们做一个新居。怕它们再闷死，我命令妹妹用大头针在火柴壳上扎出一些小洞眼，作为透气。

当时已是深秋，天气有些冷，于是妹妹又有新的担忧："火柴盒里很冷，小蚂蚁要冻死的！"对，想办法吧。在妹妹的眼里，我这个比她大一岁的哥哥是无所不能的。我果然想出办法来：从保暖用的草饭窝里抽出几根稻草，用剪刀将稻草剪碎后装到火柴盒里，这样，我们的蚂蚁客人就有了一个又透气又暖和的新居了。我和妹妹又抓来一些蚂蚁关进火柴盒里，还放进一些饼干屑，我们相信蚂蚁们会喜欢这个新家。遗憾的是不能像玻璃瓶一样在外面可以观察它们了。但可以用耳朵来听，把火柴盒贴在耳朵上，可以听见它们的脚步声。这些窸窸窣窣的声音极其轻微，必须在夜深人静时听，而且要平心静气地听。在这若有若无的微响中，我曾经有过不少奇妙的遐想，我仿佛已看见那些快乐的小蚂蚁正在长大，它们长出了美丽的翅膀，像一群威风凛凛的大蟋蟀……

然而我们的试验还是没有成功。不到两天时间，火柴盒里的蚂蚁们全都逃得无影无踪。我也终于明白，蚂蚁们是不愿意被关起来的，它们宁可在墙角、路边和野地里辛辛苦苦地忙碌搏斗，也不愿意在人们为它们设置的安乐窝里享福。对它们来说，没有什么比自由的生活更为可贵。

跳河

在几十双眼睛的注视下，我爬上了苏州河大桥的水泥桥栏。我站得那么高，湍急的河水在我脚下七八米的地方奔流。我闭上眼睛，深深地吸了一口气，准备往下跳，然而脚却有点儿发抖……

背后有人在小声议论——

“喔，这么高，比跳水池的跳台还高！这孩子敢跳？”

“胆子还真不小！”

“瞧，他有些害怕了。”

“……”

议论声无一遗漏，都传进了我的耳朵。于是我闭上了眼睛，又深深地吸了一口气……

这还是读初中一年级时的事情。放暑假的时候，我常常和弄堂里的一批小伙伴一起下黄浦江或者苏州河游泳。有一天，看见几个身材健美的小伙子站在苏州河桥栏上轮流跳水，跳得又潇洒又优美，使人惊叹又使人羡慕。我突然也想去试一试，他们能跳，我为什么不能呢？小伙伴们知道我的想法后，都表示怀疑，他们不相信我有这样的胆量。我急了，赌咒发誓道：“你们看好，我不跳不姓赵！”看我这么认真，有几个和我特别要好的孩子也为我担心了，他们说："好了，我们相信你敢跳了。你可千万别真的去跳！""假如'吃大板'（"吃大板"，指从高空落水时身体和水面平行接触，极危险），那可不是闹着玩的！"可是再也没有人能够阻拦我的决心。我爬上桥栏时，小伙伴们都为我捏一把汗，有几个甚至不敢看，躲得远远的……

然而当我站到高高的桥栏上之后，却真的害怕起来，尤其是低头看桥下的流水时，只觉得头晕目眩。在这之前，我从未在超过一米以上的高度跳下水，现在一下子要从七八米高的地方跳入水中，而且没有任何准备和训练，真是有点冒险。如果"插蜡烛"，保持直立的姿势跳下去，危险性要小些，但肯定会被人取笑。头先落水呢，一点把握也没有……我犹豫了几秒钟。在听到背后围观者的议论时，我一下子鼓起勇气：头先落水！

我眼睛一闭，跳了下去。但结果非常糟糕，因为太紧张，落水时身体蜷曲着，背部被水面又狠又闷地拍了一下，几乎失去知觉。挣扎着游上岸时，发现背脊上红红的一大片。不过，这极不潇洒的一跳，却使我懂得了怎样才能使身体保持平衡。

"这一跳不行，我重跳。"当小伙伴们拥上来时，我喘着气宣布了我的决定。不管他们怎样劝阻，我还是重新爬上了桥栏。我又跳了两次。尽管我看不见自己落水时的姿势，但从伙伴们的赞叹和围观者的目光来看，后两次落水我是成功了。

我的父母和学校的老师从来不知道我曾到江河里游泳，更不知道我还敢从桥头往河里跳。他们也许不会相信，这样一个经常埋头在书中的文质彬彬的好学生，竟然会做出这种只有顽童才会去干的冒险行动。然而我确确实实这样干了，干得比顽童还要大胆。

为逞一时之强而去冒这样的险，似乎有点蠢，有点不值得，但我因此而树立了这样的信念：凡是我想要做的，我一定能够做到。随着年龄的增长，这信条越来越明确。尽管以后我也不断有过失败和挫折，但我从来没有轻易放弃过自己所追寻的理想和目标。

梦痕

丰子恺

我的左额上有一条同眉毛一般长短的疤。这是我儿时游戏中在门槛上跌破了头颅而结成的。相面先生说这是破相，这是缺陷。但我自己美其名曰“梦痕”。因为这是我的梦一般的儿童时代所遗留下来的唯一的痕迹。由这痕迹可以探寻我的儿童时代的美丽的梦。

我四五岁时，有一天，我家为了“打送”（吾乡风俗，亲戚家的孩子第一次上门来做客，辞去时，主人家必做几盘包子送他，名曰“打送”）某家的小客人，母亲、姑母、婶母和诸姐们都在做米粉包子。厅屋的中间放一只大匾，匾的中央放一只大盘，盘内盛着一大堆黏土一般的米粉，和一大碗做馅用的甜甜的豆沙。母亲们大家围坐在大匾的四周。各人卷起衣袖，向盘内摘取一块米粉来，捏做一只碗的形状；夹取一筷豆沙来藏在这碗内；然后把碗口收拢来，做成一个圆子。再用手法把圆子捏成三角形，扭出三条绞丝花纹的脊梁来；最后在脊梁凑合的中心点上打一个红色的“寿”字印子，包子便做成。一圈一圈地陈列在大匾内，样子很是好看。大家一边做，一边兴高采烈地说笑。有时说谁的做得太小，谁的做得太大；有时称姑母的做得太玲珑；有时笑指母亲的做得像个饼。笑语之声，充满一堂。这是年中难得的全家欢笑的日子。而在我，做孩子们的，在这种日子更有无上的欢乐；在准备做包子时，我得先吃一碗甜甜的豆沙，做的时候，我只要噪闹一下子，母亲们会另做一只小包子来给我当场就吃。新鲜的米粉和新鲜的豆沙，热热地做出来就吃，味道是好不过的。我往往吃一只不够，再闹一下子就得吃第二只。倘然吃第二只还不够，我可嚷着要替她们打寿字印子。这印子是不容易打的：蘸的水太多了，打出来一塌糊涂，看不出寿字；蘸的水太少了，打出来又不清楚；况且位置要摆得正，歪了就难看；打坏了又不能揩抹涂改。所以我嚷着要打印子，是母亲们所最怕的事。她们便会和我商量，把做圆子收口时摘下来的一小粒米粉给我，叫我“自己做来自己吃。”这正是我所盼望的主目的！开了这个例之后，各人做圆子收口时摘下来的米粉，就都得照例归我所有。再不够时还得要求向大盘中扭一把米粉来，自由捏造各种粘土手工：捏一个人，团拢了，改捏一个狗；再团拢了，再改捏一只水烟管……捏到手上的龌龊都混入其中，而雪白的米粉变成了灰色的时候，我再向她们要一朵豆沙来，裹成各种三不像的东西，吃下肚子里去。这一天因为我吵得特别厉害些，姑母做了两只小巧玲珑的包子给我吃，母亲又外加摘一团米粉给我玩。为求自由，我不在那场上吃弄，拿了到店堂里，和五哥哥一同玩弄。五哥哥者，后来我知道是我们店里的学徒，但在当时我只知道他是我儿时的最亲爱的伴侣。他的年纪比我长，智力比我高，胆量比我大，他常做出种种我所意想不到的玩意儿来，使得我惊奇。这一天我把包子和米粉拿出去同他共玩，他就寻出几个印泥菩萨的小形的红泥印子来，教我印米粉菩萨。

后来我们争执起来，他拿了他的米粉菩萨逃，我就拿了我的米粉菩萨追。追到排门旁边，我跌了一跤，额骨磕在排门槛上，磕了眼睛大小的一个洞，便晕迷不省。等到知觉的时候，我已被抱在母亲手里，外科郎中蔡德本先生，正在用布条向我的头上重重叠叠地包裹。

自从我跌伤以后，五哥哥每天乘店里空闲的时候到楼上来省问我。来时必然偷偷地从衣袖里摸出些我所爱玩的东西来——例如关在自来火匣子里的几只叩头虫，洋皮纸人头，老菱壳做成的小脚，顺治铜钿磨成的小刀等——送给我玩，直到我额上结成这个疤。

讲起我额上的疤的来由，我的回想中印象最清楚的人物，莫如五哥哥。而五哥哥的种种可惊可喜的行状，与我的儿童时代的欢乐，也便跟了这回想而历历地浮出到眼前来。

他的行为的顽皮，我现在想起了还觉吃惊。但这种行为对于当时的我，有莫大的吸引力，使我时时刻刻追随他，自愿地做他的从者。他用手捉住一条大蜈蚣，摘去了它的有毒的钩爪，而藏在衣袖里，走到各处，随时拿出来吓人。我跟了他走，欣赏他的把戏。他有时偷偷地把这条蜈蚣放在别人的瓜皮帽子上，让它沿着那人的额骨爬下去，吓得那人直跳起来。有时怀着这条蜈蚣去登坑，等候邻席的登坑者正在拉粪的时候，把蜈蚣丢在他的裤子上，使得那人扭着裤子乱跳，累了满身的粪。又有时当众人面前他偷把这条蜈蚣放在自己的额上，假装被咬的样子而号啕大哭起来，使得满座的人惊惶失措，七手八脚地为他营救。正在危急存亡的时候，他伸起手来收拾了这条蜈蚣，忽然破涕为笑，一缕烟逃走了。后来这套戏法渐渐做穿，有的人警告他说，若是再拿出蜈蚣来，要打头颈拳了。于是他换出别种花样来：他躲在门口，等候警告打头颈拳的人将走出门，突然大叫一声，倒身在门槛边的地上，乱滚乱撞，哭着嚷着，说是践踏了一条臂膀粗的大蛇，但蛇是已经窜进榻底下去了。走出门来的人被他这一吓，实在魂飞魄散；但见他的受难比他更深，也无可奈何他，只怪自己的运气不好。他看见一群人蹲在岸边钓鱼，便参加进去，和蹲着的人闲谈。同时偷偷地把其中相接近的两人的辫子梢头结住了，自己就走开，躲到远处去作壁上观。被结住的两人中若有一人起身欲去，滑稽剧就演出来给他看了。诸如此类的恶戏，不胜枚举。

现在回想他这种玩耍，实在近于为虐的戏谑。但当时他热心地创作，而热心地欣赏的孩子，也不止我一个。世间的严正的教育者，请稍稍原谅他的顽皮！我们的儿时，在私塾里偷偷地玩了一个折纸手工，是要遭先生用铜笔套管在额骨上猛钉几下，外加在至圣先师孔子之神位面前跪一炷香的！

况且我们的五哥哥也曾用他的智力和技术来发明种种富有趣味的玩意，我现在想起了还可以神往。暮春的时候，他领我到田野去偷新蚕豆。把嫩的生吃了，而用老的来做

“蚕豆水龙”。其做法，用煤头纸火把老蚕豆荚熏得半熟，剪去其下端，用手一捏，荚里的两粒豆就从下端滑出，再将荚的顶端稍稍剪去一点，使成一个小孔。然后把豆荚放在水里，待它装满了水，以一手的指捏住其下端而取出来，再以另一手的指用力压榨豆荚，一条细长的水带便从豆荚的顶端的小孔内射出。制法精巧的，射水可达一二丈之远。他又教我“豆梗笛”的做法：摘取豌豆的嫩梗长约寸许，以一端塞入口中轻轻咬嚼，吹时便发嗜嗜之音。再摘取蚕豆梗的下段，长约四五寸，用指爪在梗上均匀地开几个洞，做成豆的样子。然后把豌豆梗插入这笛的一端，用两手的指随意启闭各洞而吹奏起来，其音宛如无腔之短笛。他又教我用洋蜡烛的油做种种的浇造和塑造。用芋艿或番薯镌刻种种的印版，大类现今的木版画。……诸如此类的玩意，亦复不胜枚举。

现在我对这些儿时的乐事久已缘远了。但在说起我额上的疤的来由时，还能热烈地回忆神情活跃的五哥哥和这种兴致蓬勃的玩意儿。谁言我左额上的疤痕是缺陷？这是我的儿时欢乐的佐证，我的黄金时代的遗迹。过去的事，一切都同梦幻一般地消灭，没有痕迹留存了。只有这个疤，好像是“脊杖二十，刺配军州”时打在脸上的金印，永久地、明显地录着过去的事实，一说起就可使我历历地回忆前尘。仿佛我是在儿童世界的本贯地方犯了罪，被刺配到这成人社会的“远恶军州”来的。这无期的流刑虽然使我永无还乡之望，但凭这脸上的金印，还可回溯往昔，追寻故乡的美丽的梦啊！

童年的悲哀（节选）

鲁彦

呵，我愿意回到我的可爱的童年时代，回到那梦幻的浮云的时代！

神呵，给我伟大的力，不能让我回到那时代去，至少也让我的回忆拍着翅膀飞到那最凄凉的一隅去，暂时让悲哀的梦来充实我吧！我愿意这样，因为即使是童年的悲哀也比青年的欢乐来得梦幻，来得甜蜜呵！

那是在哪一年，我不大记得了。好像是在我十一二岁的时候。

时间是在正月的初上。正是故乡锣声遍地，龙灯和马灯来往不绝的几天。

这是一年中最欢乐的几天。过了长久的生活的劳碌，乡下人都一致的暂时搁下了重担，用娱乐来洗涤他们的疲乏了。街上的店铺全都关了门。祠庙和桥上这里那里的一堆堆地簇拥着打牌九的人群。平日最节俭的人在这几天里都握着满把的瓜子，不息地剥啄着。最正经最严肃的人现在都背着旗子或是敲着铜锣随着龙灯马灯出发了。他们谈笑着，歌唱着，没有一个人的脸上会发现忧愁的影子。孩子们像从笼里放出来的一般，到处跳跃着，放着鞭炮，或是在地上围做一团，用尖石划了格子打着钱，占据了街上的角隅。

母亲对我拘束得很严。她认为打钱一类的游戏是不长进的孩子们的表征，她平日总是不许我和其他的孩子们一同玩耍，她把她的钱柜子镇得很紧密。倘若我偶然在抽屉的角落里找到了几个铜钱，偷偷地出去和别的孩子们打钱，她便会很快的找到我，赶回家去大骂一顿，有时挨了一场打，还得挨一餐饿。

但一到正月初上，母亲给与我自由了。我不必再在抽屉角落里寻找剩余的铜钱，我自己的枕头下已有了母亲给我的丰富的压岁钱。除了当着大路以外，就在母亲的面前也可以和别的孩子们打钱了。

打钱的游戏是最方便最有趣不过的。只要两个孩子碰在一起，问一声“来不来？”回答说“怕你吗？”同找一块不太光滑也不太凹凸的石板，就地找一块小的尖石，划出一个四方的格子，再在方格里对着角划上两根斜线，就开始了。随后自有别的孩子们来陆续加入，摆下钱来，许多人簇拥在一堆。

我虽然不常有机会打钱，没有练习得十分凶狠的铲法，但我却能很稳当的使用刨法，那就是不像铲似的把自己手中的钱往前面跌下去，却是往后落下去。用这种方法，无论能不能把别人的钱刨到格子或线外去，而自己的钱却能常常落在方格里，不会像铲似的，自己的钱总是一直冲到方格外面去，易于发生危险。

常和我打钱的多是一些年纪不相上下的孩子，而且都知道把自己的钱拿得最平稳。年纪小的不凑到我们这一伙来，年纪过大或拿钱拿得不平稳的也常被我们拒绝。

在正月初上的几天里，我们总是到处打钱，祠堂里，街上，桥上，屋檐下，划满了方格。我的心像野马似的，欢喜得忘记了家，忘记了吃饭。

但有一天，正当我们闹得兴高采烈的时候，来了一个捣乱的孩子。

他比我们这一伙人都长得大些，他大约已经有了十四五岁，他的名字叫做生福。他没有母亲也没有父亲。他平时帮着人家划船，赚了钱一个人花费，不是挤到牌九摊里去，就和他的一伙打铜板。他不大喜欢和人家打铜钱，他觉得输赢太小，没有多大的趣味。他的打法是很凶的，老是把自己的铜板紧紧地斜扣在手指中，狂风暴雨似的鋬了下去。因此在方格中很平稳地躺着的钱，在别人打不出去的，常被他鋬了出去。同时，他的手又来得很快，每当将鋬之前，先伸出食指去摸一摸被打的钱，在人家不知不觉中把平稳地躺着的钱移动得有了蹊跷。这种打法，无论谁见了都要害怕。好像因为前一天和我们一伙里的一个孩子吵了架的缘故，生福忽然走来在我们的格子里放下了一个铜板。在打铜钱的地方拿着铜板打原是未尝不可以，但因为他向来打得很凶而且有点无赖，同时又看出他故意来捣乱的声势，我们一致拒绝了。

于是生福发了气，伸一只脚在我们的格子里，叫着说：

“石板是你们的吗？”

我们的眉毛都竖起了。——但因为是在正月里，大家觉得吵架不应该，同时也有点怕他生得蛮横，都收了钱让开了。

“到我家的檐口去！”一个孩子叫着说。

我们便都拥到那里，划起格子来。

那是靠河的一个檐口下，和我家的大门是连接着的。那个孩子的家里本在那间屋子的楼下开着米店，因为去年的生意亏了本，年底就决计结束不再开了。这时店堂的门半开着，外面一部分已经变做了客堂，里面还堆着一些米店的杂物。屋子是孩子家里的，檐口下的石板自然也是孩子家里的了。

但正当我们将要开始继续的时候，生福又来了。他又在格子里放下了一个铜板。

“一道来！”他气忿地说。

“这是我家的石板！”那孩子叫了起来。

“石板会答应吗？你家的石板会说话吗？”

我们都站了起来，捏紧了拳头。每个人的心里都发了火了。辱骂的话成堆的从我们口里涌了出来。

于是生福像暴怒的老虎一般，竖着浓黑的眉毛，睁着红的眼睛，握着拳头，向我们一群扑了过来。

但是，他的拳头正将落在那个小主人的脸上时，他的耳朵忽然被人扯住了。

“你的拳头大些吗？”一个大人的声音在生福脑后响着。

我们都惊喜地叫起来了。

那是阿成哥，是我们最喜欢的阿成哥！

“打他几个耳光，阿成哥，他欺侮我们呢！”

生福已经怔住了。他显然怕了阿成哥。阿成哥比他高了许多，气力也来得大。他是一个大人，已经上了二十岁。他能够挑很重的担子，走很远的路。他去年就是在现在已经关闭的米店里砻谷舂米，他一定要把生福痛打一顿的了，我们想。

但阿成哥却并不如此，反放了生福的耳朵。

“为的什么呢？”他问我们。

我们把生福欺侮我们的情形完全告诉了他。

于是阿成哥笑了。他转过脸去，对着生福说：

“来吧，你有几个铜板呢？”他一面说，一面掏着自己衣袋里的铜板。

生福又发气了，看见阿成哥这种态度。他立刻在地上格子里放下了一个铜板。

“打铜板不会打不过你！”

阿成哥微笑着，把自己的铜板也放了下去。

我们也就围拢去望着，都给阿成哥担起心来。我们向来没有看见过阿成哥和人家打过铜板，猜想他会输给生福。

果然生福气上加气，来得愈加凶狠了。他一连赢了阿成哥五六个铜板。阿成哥的铜板一放下去，就被他打出格子外。阿成哥连还手的机会也没有。

但阿成哥只是微笑着，任他去打。

过了一会，生福的铜板落在格子里了。

于是我们看见阿成哥的铜板很平稳地放在手指中，毫不用力的落了下来。

阿成哥的铜板和生福的铜板一同滚出了格子外。

“打铜板应该这样打法，拿得非常平稳！”他笑着说，接连又打出了几个铜板。

“把它打到这边来，好不好？”他说着，果然把生福的铜板打到他所指的地方去了。

“打到那边去吧！”

生福的铜板往那边滚了。

“随便你摆吧——我把它打过这条线！”

生福的铜板滚过了他所指的线。

生福有点呆住了。阿成哥的铜板打出了他的铜板，总是随着滚出了格子外，接连着接连着，弄得生福没有还手的机会。

我们都看得出了神。

"鋆是不公平的，要这样平稳地跌了下去才能叫人心服！"阿成哥说着，又打出了几个铜板。

"且让你打吧！我已赢了你五个。"

阿成哥息了下来，把铜板放在格子里。

但生福已经起了恐慌，没有把阿成哥的铜板打出去，自己的铜板却滚出了格子外。

我们注意着生福的衣袋，它过了几分钟渐渐轻松了。

"还有几个好输呢？"阿成哥笑着问他说，"留几个去买酱油醋吧！"

生福完全害怕了。他收了铜板，站了起来。

"你年纪大些！"他给自己解嘲似的说。

"像你年纪大些就想欺侮年纪小的，才是坏东西！——因为是在正月里，我饶恕了你的耳光！铜板拿去罢，我不要你这可怜虫的钱！"阿成哥笑着，把赢得的铜板丢在地上，走进店堂里去了。

我们都大笑了起来，心里痛快得难以言说。

生福红着脸，逡巡了一会，终于拾起地上的铜板踱开了。

消逝的钟声

史铁生

在台阶上张望那条小街的时候，我大约两岁多。

我记事早。我记事早的一个标记，是斯大林的死。有一天父亲把一个黑色镜框挂在墙上，奶奶抱着我走近看，说：斯大林死了。镜框中是一个陌生的老头儿，突出的特点是胡子都集中在上唇。在奶奶的涿州口音中，“斯”读三声。我心想，既如此还有什么好说，这个“大林”当然是死的呀？我不断重复奶奶的话，把“斯”读成三声，觉得有趣，觉得别人竟然都没有发现这一点可真是奇怪。多年以后我才知道，那是一九五三年，那年我两岁。

终于有一天奶奶领我走下台阶，走向小街的东端。我一直猜想那儿就是地的尽头，世界将在那儿陷落、消失——因为太阳从那儿爬上来的时候，它的背后好像什么也没有。谁料，那儿更像是一个喧闹的世界的开端。那儿交叉着另一条小街，那街上有酒馆，有杂货铺，有油坊、粮店和小吃摊；因为有小吃摊，那儿成为我多年之中最向往的去处。那儿还有从城外走来的骆驼队。“什么呀，奶奶？”“啊，骆驼。”“干吗呢，它们？”“驮煤。”“驮到哪儿去呀？”“驮进城里。”驼铃一路丁零当啷丁零当啷地响，骆驼的大脚蹚起尘土，昂首挺胸目空一切，七八头骆驼不紧不慢招摇过市，行人和车马都给它让路。我望着骆驼来的方向问：“那儿是哪儿？”奶奶说：“再往北就出城啦。”“出城了是哪儿呀？”“是城外。”“城外什么样儿？”“行了，别问啦！”我很想去看看城外，可奶奶领我朝另一个方向走。我说“不，我想去城外”，我说“奶奶我想去城外看看”，我不走了，蹲在地上不起来。奶奶拉起我往前走，我就哭。“带你去个更好玩儿的地方不好吗？那儿有好些小朋友……”我不听，一路哭。

越走越有些荒疏了，房屋零乱，住户也渐渐稀少。沿一道灰色的砖墙走了好一会儿，进了一个大门。啊，大门里豁然开朗完全是另一番景象：大片大片寂静的树林，碎石小路蜿蜒其间。满地的败叶在风中滚动，踩上去吱吱作响。麻雀和灰喜鹊在林中草地上蹦蹦跳跳，坦然觅食。我止住哭声。我平生第一次看见了教堂，细密如烟的树枝后面，夕阳正染红了它的尖顶。

我跟着奶奶进了一座拱门，穿过长廊，走进一间宽大的房子。那儿有很多孩子，他们坐在高大的桌子后面只能露出脸。他们在唱歌。一个穿长袍的大胡子老头儿弹响风琴，琴声飘荡，满屋子里的阳光好像也随之飞扬起来。奶奶拉着我退出去，退到门口。唱歌的孩子里面有我的堂兄，他看见了我们但不走过来，唯努力地唱歌。那样的琴声和歌声我从未听过，宁静又欢欣，一排排古旧的桌椅、沉暗的墙壁、高阔的屋顶也似都活泼起来，与窗外的晴空和树林连成一气。那一刻的感受我终生难忘，仿佛有一股温柔又强劲的风吹透了我的身体，一下子钻进我的心中。后来奶奶常对别人说："琴声一响，这孩子就傻了似地不哭也不闹了。"我多么羡慕我的堂兄，羡慕所有那些孩子，羡慕那一刻的光线与声音，有形与无形。我呆呆地站着，徒然地睁大眼睛，其实不能听也不能看了，有个懵懂的东西第一次被惊动了——那也许就是灵魂吧。后来的事都记不大清了，好像那个大胡子的老头儿走过来摸了摸我的头，然后光线就暗下去，屋子里的孩子都没有了，再后来我和奶奶又走在那片树林里了，还有我的堂兄。堂兄把一个纸袋撕开，掏出一个彩蛋和几颗糖果，说是幼儿园给的圣诞礼物。

这时候，晚祷的钟声敲响了——唔，就是这声音，就是他！这就是我曾听到过的那种缥缥缈缈响在天空里的声音啊！

“它在哪儿呀，奶奶？”

“什么，你说什么？”

“这声音啊，奶奶，这声音我听见过。”

“钟声吗？啊，就在那钟楼的尖顶下面。”

这时我才知道，我一来到世上就听到的那种声音就是这教堂的钟声，就是从那尖顶下发出的。暮色浓重了，钟楼的尖顶上已经没有了阳光。风过树林，带走了麻雀和灰喜鹊的欢叫。钟声沉稳、悠扬、飘飘荡荡，连接起晚霞与初月，扩展到天的深处，或地的尽头……

不知奶奶那天为什么要带我到那儿去，以及后来为什么再也没去过。

不知何时，天空中的钟声已经停止，并且在这块土地上长久地消逝了。

多年以后我才知道，那教堂和幼儿园在我们去过之后不久便都拆除。我想，奶奶当年带我到那儿去，必是想在那幼儿园也给我报个名，但未如愿。

再次听见那样的钟声是在四十年以后了。那年，我和妻子坐了八九个小时飞机，到了地球另一面，到了一座美丽的城市，一走进那座城市我就听见了它。在清洁的空气里，在透澈的阳光中和涌动的海浪上面，在安静的小街，在那座城市的所有地方，随时都听见它在自由地飘荡。我和妻子在那钟声中慢慢地走，认真地听它，我好像一下子回到了童年，整个世界都好像回到了童年。对于故乡，我忽然有了新的理解：人的故乡，并不止于一块特定的土地，而是一种辽阔无比的心情，不受空间和时间的限制；这心情一经唤起，就是你已经回到了故乡。

阿长与山海经

鲁迅

长妈妈，已经说过，是一个一向带领着我的女工，说得阔气一点，就是我的保姆。我的母亲和许多别的人都这样称呼她，似乎略带些客气的意思。只有祖母叫她阿长。我平时叫她“阿妈”，连“长”字也不带；但到憎恶她的时候——例如知道了谋死我那隐鼠的却是她的时候，就叫她阿长。

我们那里没有姓长的；她生得黄胖而矮，“长”也不是形容词。又不是她的名字，记得她自己说过，她的名字是叫作什么姑娘的。什么姑娘，我现在已经忘却了，总之不是长姑娘；也终于不知道她姓什么。记得她也曾告诉过我这个名称的来历：先前的先前，我家有一个女工，身材生得很高大，这就是真阿长。后来她回去了，我那什么姑娘才来补她的缺，然而大家因为叫惯了，没有再改口，于是她从此也就成为长妈妈了。

虽然背地里说人长短不是好事情，但倘使要我说句真心话，我可只得说：我实在不大佩服她。最讨厌的是常喜欢切切察察，向人们低声絮说些什么事。还竖起第二个手指，在空中上下摇动，或者点着对手或自己的鼻尖。我的家里一有些小风波，不知怎的我总疑心和这“切切察察”有些关系。又不许我走动，拔一株草，翻一块石头，就说我顽皮，要告诉我的母亲去了。一到夏天，睡觉时她又伸开两脚两手，在床中间摆成一个“大”字，挤得我没有余地翻身，久睡在一角的席子上，又已经烤得那么热。推她呢，不动；叫她呢，也不闻。

“长妈妈生得那么胖，一定很怕热罢？晚上的睡相，怕不见得很好罢？……”

母亲听到我多回诉苦之后，曾经这样地问过她。我也知道这意思是要她多给我一些空席。她不开口。但到夜里，我热得醒来的时候，却仍然看见满床摆着一个“大”字，一条臂膊还搁在我的颈子上。我想，这实在是无法可想了。

但是她懂得许多规矩；这些规矩，也大概是我所不耐烦的。一年中最高兴的时节，自然要数除夕了。辞岁之后，从长辈得到压岁钱，红纸包着，放在枕边，只要过一宵，便可以随意使用。睡在枕上，看着红包，想到明天买来的小鼓、刀枪、泥人、糖菩萨……然而她进来，又将一个福橘放在床头了。

“哥儿，你牢牢记住！”她极其郑重地说。“明天是正月初一，清早一睁开眼睛，第一句话就得对我说：‘阿妈，恭喜恭喜！’记得么？你要记着，这是一年的运气的事情。不许说别的话！说过之后，还得吃一点福橘。”她又拿起那橘子来在我的眼前摇了两摇，”那么，一年到头，顺顺流流……”

梦里也记得元旦的，第二天醒得特别早，一醒，就要坐起来。她却立刻伸出臂膊，一把将我按住。我惊异地看她时，只见她惶急地看着我。

她又有所要求似的，摇着我的肩。我忽而记得了——

“阿妈，恭喜……”

“恭喜恭喜！大家恭喜！真聪明！恭喜恭喜！”她于是十分欢喜似的，笑将起来，同时将一点冰冷的东西，塞在我的嘴里。我大吃一惊之后，也就忽而记得，这就是所谓福橘，元旦辟头的磨难，总算已经受完，可以下床玩耍去了。

她教给我的道理还很多，例如说人死了，不该说死掉，必须说“老掉了”；死了人，生了孩子的屋子里，不应该走进去；饭粒落在地上，必须拣起来，最好是吃下去；晒裤子用的竹竿底下，是万不可钻过去的……此外，现在大抵忘却了，只有元旦的古怪仪式记得最清楚。总之，都是些烦琐之至，至今想起来还觉得非常麻烦的事情。

然而我有一时也对她发生过空前的敬意。她常常对我讲“长毛”。她之所谓“长毛”者，不但洪秀全军，似乎连后来一切土匪强盗都在内，但除却革命党，因为那时还没有。她说得长毛非常可怕，他们的话就听不懂。她说先前长毛进城的时候，我家全都逃到海边去了，只留一个门房和年老的煮饭老妈子看家。后来长毛果然进门来了，那老妈子便叫他们“大王”——据说对长毛就应该这样叫——诉说自己的饥饿。长毛笑道：“那么，这东西就给你吃了罢！”将一个圆圆的东西掷了过来，还带着一条小辫子，正是那门房的头。煮饭老妈子从此就骇破了胆，后来一提起，还是立刻面如土色，自己轻轻地拍着胸脯道：“阿呀，骇死我了，骇死我了……”

我那时似乎倒并不怕，因为我觉得这些事和我毫不相干的，我不是一个门房。但她大概也即觉到了，说道：“像你似的小孩子，长毛也要掳的，掳去做小长毛。还有好看的姑娘，也要掳。”

“那么，你是不要紧的。”我以为她一定最安全了，既不做门房，又不是小孩子，也生得不好看，况且颈子上还有许多炙疮疤。

“哪里的话？！”她严肃地说。“我们就没有用处？我们也要被掳去。城外有兵来攻的时候，长毛就叫我们脱下裤子，一排一排地站在城墙上，外面的大炮就放不出来；再要放，就炸了！”

这实在是出于我意想之外的，不能不惊异。我一向只以为她满肚子是麻烦的礼节罢了，却不料她还有这样伟大的神力。从此对于她就有了特别的敬意，似乎实在深不可测；夜间的伸开手脚，占领全床，那当然是情有可原的了，倒应该我退让。

这种敬意，虽然也逐渐淡薄起来，但完全消失，大概是在知道她谋害了我的隐鼠之后。那时就极严重地诘问，而且当面叫她阿长。我想我又不真做小长毛，不去攻城，也不放炮，更不怕炮炸，我惧惮她什么呢！

但当我哀悼隐鼠，给它复仇的时候，一面又在渴慕着绘图的《山海经》了。这渴慕是从一个远房的叔祖惹起来的。他是一个胖胖的，和蔼的老人，爱种一点花木，如珠兰、茉莉之类，还有极其少见的，据说从北边带回去的马缨花。他的太太却正相反，什么也莫名其妙，曾将晒衣服的竹竿搁在珠兰的枝条上，枝折了，还要愤愤地咒骂道：“死尸！”这老人是个寂寞者，因为无人可谈，就很爱和孩子们往来，有时简直称我们为“小友”。在我们聚族而居的宅子里，只有他书多，而且特别。制艺和试帖诗，自然也是有的；但我却只在他的书斋里，看见过陆玑的《毛诗草木鸟兽虫鱼疏》，还有许多名目很生的书籍。我那时最爱看的是《花镜》，上面有许多图。他说给我听，曾经有过一部绘图的《山海经》，画着人面的兽，九头的蛇，三脚的鸟，生着翅膀的人，没有头而以两乳当作眼睛的怪物……可惜现在不知道放在哪里了。

很愿意看看这样的图画，但不好意思力逼他去寻找，他是很疏懒的。问别人呢，谁也不肯真实地回答我。压岁钱还有几百文，买罢，又没有好机会。有书买的大街离我家远得很，我一年中只能在正月间去玩一趟，那时候，两家书店都紧紧地关着门。

玩的时候倒是没有什么的，但一坐下，我就记得绘图的《山海经》。

大概是太过于念念不忘了，连阿长也来问《山海经》是怎么一回事。这是我向来没有和她说过的，我知道她并非学者，说了也无益；但既然来问，也就都对她说了。

过了十多天，或者一个月罢，我还记得，是她告假回家以后的四五天，她穿着新的蓝布衫回来了，一见面，就将一包书递给我，高兴地说道："哥儿，有画儿的'三哼经'，我给你买来了！"

我似乎遇着了一个霹雳，全体都震悚起来；赶紧去接过来，打开纸包，是四本小小的书，略略一翻，人面的兽，九头的蛇，果然都在内。

这又使我发生新的敬意了，别人不肯做，或不能做的事，她却能够做成功。她确有伟大的神力。谋害隐鼠的怨恨，从此完全消灭了。

这四本书，乃是我最初得到，最为心爱的宝书。

书的模样，到现在还在眼前。可是从还在眼前的模样来说，却是一部刻印都十分粗拙的本子。纸张很黄；图像也很坏，甚至于几乎全用直线凑合，连动物的眼睛也都是长方形的。但那是我最为心爱的宝书，看起来，确是人面的兽；九头的蛇；一脚的牛；袋子似的帝江；没有头而“以乳为目，以脐为口”，还要“执干戚而舞”的刑天。

此后我就更其搜集绘图的书，于是有了石印的《尔雅音图》和《毛诗品物图考》，又有了《点石斋丛画》和《诗画舫》。《山海经》也另买了一部石印的，每卷都有图赞，绿色的画，字是红的，比那木刻的精致得多了。这一部直到前年还在，是缩印的郝懿行疏。木刻的却已经记不清是什么时候失掉了。

我的保姆，长妈妈即阿长，辞了这人世，大概也有三十年了罢。我终于不知道她的姓名，她的经历；仅知道有一个过继的儿子，她大约是青年守寡的孤孀。

仁厚黑暗的地母呵，愿在你怀里永安她的魂灵！

九年的家乡教育（节选）

胡适

我小时候身体弱，不能跟着野蛮的孩子们一块儿玩。我母亲也不准我和他们乱跑乱跳。小时不曾养成活泼游戏的习惯，无论在什么地方，我总是文绉绉的。所以家乡老辈都说我“像个先生样子”，遂叫我做“糜先生”。这个绰号叫出去之后，人都知道三先生的小儿子叫做糜先生了。既有“先生”之名，我不能不装出点“先生”样子，更不能跟着顽童们“野”了。有一天，我在我家八字门口和一班孩子“掷铜钱”，一位老辈走过，见了我，笑道：“糜先生也掷铜钱吗？”我听了羞愧的面红耳热，觉得大失了“先生”的身份！

大人们鼓励我装先生样子，我也没有嬉戏的能力和习惯，又因为我确是喜欢看书，所以我一生可算是不曾享过儿童游戏的生活。每年秋天，我的庶祖母同我到田里去“监割”（顶好的田，水旱无忧，收成最好，佃户每约田主来监割，打下谷子，两家平分。），我总是坐在小树下看小说。十一二岁时，我稍活泼一点，居然和一群同学组织了一个戏剧班，做了一些木刀竹枪，借得了几个假胡须，就在村口田里做戏。我做的往往是诸葛亮，刘备一类的文角儿；只有一次我做史文恭，被花荣一箭从椅子上射倒下去，这算是我最活泼的玩艺儿了。

我在这九年（一八九五—一九〇四）之中，只学得了读书写字两件事。在文字和思想的方面，不能不算是打了一点底子。但别的方面都没有发展的机会。有一次我们村里，“当朋”（八都凡五村，称为“五朋”，每年一村轮着做太子会，名为“当朋”。）筹备太子会，有人提议要派我加入前村的昆腔队里学习吹笙或吹笛，族里长辈反对，说我年纪太小，不能跟着太子会走遍五朋。于是我失掉了这学习音乐的唯一机会。三十年来，我不曾拿过乐器，也全不懂音乐，究竟我有没有一点学音乐的天资，我至今还不知道。至于学图画，更是不可能的事。我常常用竹纸蒙在小说的石印绘像上，摹画书上的英雄美人。有一天，被先生看见了，挨了一顿大骂，抽屉里的图画都被搜出撕毁了。于是我又失掉了学做画家的机会。

但这九年的生活，除了读书看书之外，究竟给了我一点做人的训练。在这一点上，我的恩师就是我的慈母。

每天天刚亮时，我母亲就把我喊醒，叫我披衣坐起。我从不知道她醒来坐了多久了。她看见我清醒了，才对我说昨天我做错了什么事，说错了什么话，要我用功读书。有时候她对我说父亲的种种好处，她说："你总要踏上你老子的脚步。我一生只晓得这一个完全的人，你要学他，不要跌他的股。"（跌股便是丢脸，出丑。）她说到伤心处，往往掉下泪来。到天大明时，她才把我的衣服穿好，催我去上早学。学堂门上的锁匙放在先生家里；我先到学堂门口一望，便跑到先生家里去敲门。先生家里有人把锁匙从门缝里递出来，我拿了跑回去，开了门，坐下念生书。十天之中，总有八九天我是第一个去开学堂门的。等到先生来了，我背了生书，才回家吃早饭。

我母亲管束我最严，她是慈母兼任严父。但她从来不在别人面前骂我一句，打我一下。我做错了事，她只对我一望，我看了她的严厉眼光，就吓住了。犯的事小，她等到第二天早晨我眼醒时才教训我。犯的事大，她等到晚上人静时，关了房门，先责备我，然后行罚，或罚跪，或拧我的肉。无论怎样重罚，总不许我哭出声来。她教训儿子不是借此出气叫别人听的。

有一个初秋的傍晚，我吃了晚饭，在门口玩，身上只穿了一件单背心。这时候我母亲的妹子玉英姨母在我家住，她怕我冷，拿了一件小衫出来叫我穿上。我不肯穿，她说："穿上吧，凉了。"我随口回答："娘（凉）什么！老子都不老子呀。"我刚说了这句话，一抬头，看见母亲从家里走出，我赶快把小衫穿上。但她已听见这句轻薄的话了。晚上人静后，她罚我跪下，重重的责罚了一顿。她说："你没了老子，是多么得意的事！好用来说嘴！"她气得坐着发抖，也不许我上床去睡。我跪着哭，用手擦眼泪，不知擦进了什么微菌，后来足足害了一年多的眼翳病。医来医去，总医不好。我母亲心里又悔又急，听说眼翳可以用舌头舔去，有一夜她把我叫醒，她真用舌头舔我的病眼。这是我的严师，我的慈母。

我母亲二十三岁做了寡妇，又是当家的后母。这种生活的痛苦，我的笨笔写不出一万分之一二。家中财政本不宽裕，全靠二哥在上海经营调度。大哥从小就是败子，吸鸦片烟，赌博，钱到手就光，光了就回家打主意，见了香炉就拿出去卖，捞着锡茶壶就拿出去押。我母亲几次邀了本家长辈来，给他定下每月用费的数目。但他总不够用，到处都欠下烟债赌债。每年除夕我家中总有一大群讨债的，每人一盏灯笼，坐在大厅上不肯去。大哥早已避出去了。

大厅的两排椅子上满满的都是灯笼和债主。我母亲走进走出，料理年夜饭，谢灶神，压岁钱等事，只当做不曾看见这一群人。到了近半夜，快要“封门”了，我母亲才走后门出去，央一位邻舍本家到我家来，每一家债户开发一点钱。做好做歹的，这一群讨债的才一个一个提着灯笼走出去。一会儿，大哥敲门回来了。我母亲从不骂他一句。并且因为是新年，她脸上从不露出一点怒色。这样的过年，我过了六七次。

大嫂是个最无能而又最不懂事的人，二嫂是个很能干而气量很窄小的人。她们常常闹意见，只因为我母亲的和气榜样，她们还不曾有公然相骂相打的事。她们闹气时，只是不说话，不答话，把脸放下来，叫人难看；二嫂生气时，脸色变青，更是怕人。她们对我母亲闹气时，也是如此。我起初全不懂得这一套，后来也渐渐懂得看人的脸色了。我渐渐明白，世间最可厌恶的事莫如一张生气的脸；世间最下流的事莫如把生气的脸摆给旁人看。这比打骂还难受。

我母亲的气量大，性子好，又因为做了后母后婆，她更事事留心，事事格外容忍。大哥的女儿比我只小一岁，她的饮食衣料总是和我一样。我和她有小争执，总是我吃亏，母亲总是责备我，要我事事让她。后来大嫂二嫂都生了儿子了，她们生气时便打骂孩子来出气，一面扫，一面用尖刻有刺的话骂给别人听。我母亲只装不听见。有时候，她实在忍不住了，便悄悄走出门去，或到左邻立大嫂家去坐一会，或走后门到后邻度嫂家去闲谈。她从不和两个嫂子吵一句嘴。

每个嫂子一生气，往往十天半个月不歇，天天走进走出，板着脸，咬着嘴，打骂小孩子出气。我母亲只忍耐着，忍到实在不可再忍的一天，她也有她的法子。这一天的天明时，她就不起床，轻轻的哭场。她不骂一个人，只哭她的丈夫，哭她自己苦命，留不住她丈夫来照管她。她先哭时，声音很低，渐渐哭出声来。我醒了起来劝她，她不肯住。这时候，我总听见前堂（二嫂住前堂东房）或后堂（大嫂住后堂西房）有一扇房门开了，一个嫂子走出房向厨房走去。不多会，那位嫂子来敲我们的房门了我开了房门，她走进来，捧着一碗热茶，送到我母亲床前劝她止哭，请她喝口热茶。我母亲慢慢停住哭声，伸手接了茶碗。那位嫂子站着劝一会，才退出去。没有一句话提到什么人，也没有一个字提到这十天半个月来的气脸，然而各人心里明白，泡茶进来的嫂子总是那十天半个月来闹气的人。奇怪得很，这哭之后，至少有一两个月的太平清静日子。

我母亲待人最仁慈，最温和，从来没有一句伤人感情的话。但她有时候也很有刚气，不受一点人格上的侮辱。我家五叔是个无正业的浪人，有一天在烟馆里发牢骚，说我母亲家中有事总请某人帮忙，大概总有什么好处给他。这句话传到了我母亲耳朵里，她气得大哭，请了几位本家来，把五叔喊来，她当面质问他她给了某人什么好处。直到五叔当众认错赔罪，她才罢休。

我在我母亲的教训之下住了九年，受了她的极大深刻的影响。我十四岁（其实只有十二岁零两三个月）就离开她了，在这广漠的人海里独自混了二十多年，没有一个人管束过我。如果我学得了一丝一毫的好脾气，如果我学得了一点点待人接物的和气，如果我能宽恕人，体谅人，我都得感谢我的慈母。

第二辑

回忆时，我温柔

回忆是生命的礼物

我二十一岁那年

史铁生

友谊医院神经内科病房有十二间病室，除去1号2号，其余十间我都住过。当然，决不为此骄傲。即便多么骄傲的人，据我所见，一躺上病床也都谦恭。1号和2号是病危室，是一步登天的地方，上帝认为我住那儿为时尚早。

十九年前，父亲搀扶着我第一次走进那病房。那时我还能走，走得艰难，走得让人伤心就是了。当时我有过一个决心：要么好，要么死，一定不再这样走出来。

正是晌午，病房里除了病人的微鼾，便是护士们轻极了的脚步，满目洁白，阳光中飘浮着药水的味道，如同信徒走进了庙宇，我感觉到了希望。一位女大夫把我引进10号病室。她贴近我的耳朵轻轻柔柔地问：“午饭吃了没？”我说：“您说我的病还能好吗？”她笑了笑。记不得她怎样回答了，单记得她说了一句什么之后，父亲的愁眉也略略地舒展。女大夫步履轻盈地走后，我永远留住了一个偏见：女人是最应该当大夫的，白大褂是她们最优雅的服装。

那天恰是我二十一岁生日的第二天。我对医学对命运都还未及了解，不知道病出在脊髓上将是一件多么麻烦的事。我舒心地躺下来睡了个好觉。心想：十天，一个月，好吧就算是三个月，然后我就又能是原来的样子了。和我一起插队的同学来看我时，也都这样想；他们给我带来很多书。

10号有六个床位。我是6床。5床是个农民，他天天都盼着出院。“光房钱一天一块一毛五，你算算得啦，”5床说，“‘死呗’值得了这么些？”3床就说。“得了嘿，你有完没完！死死死，数你悲观。”4床是个老头，说：“别介别介，咱毛主席有话啦——既来之，则安之。”农民便带笑地把目光转向我，却是对他们说：“敢情你们都有公费医疗。”他知道我还在与贫下中农相结合。1床不说话，1床一旦说话即可出院。2床像是个有些来头的人，举手投足之间便赢得大伙的敬畏。2床幸福地把一切名词都忘了，包括忘了自己的姓名。2床讲话时，所有名词都以“这个”“那个”代替，因而讲到一些轰轰烈烈的事迹却听不出是谁人所为。4床说：“这多好，不得罪人。”

我不搭茬儿。刚有的一点舒心倾刻全光。一天一块多房钱都要从父母的工资里出，一天好几块的药钱、饭钱都要从父母的工资里出，何况为了给我治病家中早已是负债累累了。我马上就想那农民之所想了：什么时候才能出院呢？我赶紧松开拳头让自己放明白点：这是在医院不是在家里，这儿没人会容忍我发脾气，而且砸坏了什么还不是得用父母的工资去赌？所幸身边有书，想来想去只好一头埋进书里去，好吧好吧，就算是三个月！我凭白地相信这样一个期限。

可是三个月后我不仅没能出院，病反而更厉害了。

那时我和2床一起住到了7号。2床果然不同寻常，是位局长，十一级干部，但还是多了一级，非十级以上者无缘去住高干病房的单间。7号是这普通病房中唯一仅设两张病床的房间，最接近单间，故一向由最接近十级的人去住。据说刚有个十三级从这儿出去。2床搬来名正言顺。我呢？护士长说是“这孩子爱读书”，让我帮助2床把名词重新记起来。“你看他连自己是谁都闹不清了。”护士长说。但2床却因此越来越让人喜欢。因为“局长”也是名词也在被忘之列，我们之间的关系日益平等、融洽。有一天他问我："你是干什么的？"我说："插队的。"2床说他的"那个"也是，两个"那个"都是，他在高出他半个头的地方比划一下："就是那两个，我自己养的。""您是说您的两个儿子？"他说对，儿子。他说好哇，革命嘛就不能怕苦，就是要去结合。他说："我们当初也是从那儿出来的嘛。"我说："农村？""对对对。什么？""农村。""对对对农村。别忘本呀！"我说是。我说："您的家乡是哪儿？"他于是抱着头想好久。这一回我也没办法提醒他。最后他骂一句，不想了，说："我也放过那玩艺。"他在头顶上伸直两个手指。"是牛吗？"他摇摇头，手往低处一压。"羊？""对了，羊。我放过羊。"他躺下，双手垫在脑后，甜甜蜜蜜地望着天花板老半天不言语。大夫说他这病叫作"角回综合征，命名性失语"，并不影响其他记忆，尤其是遥远的往事更都记得清楚。我想局长到底是局长，比我会得病。他忽然又坐起来："我的那个，喂，小什么来？""小儿子？""对！"他怒气冲冲地跳到地上，说："那个小玩艺，娘个X！"说："他要去结合，我说好嘛我支持。"说："他来信要钱，说要办个这个。"他指了指周围，我想"那个小玩艺"可能是要办个医疗站。他说："好嘛，要多少？我给。可那个小玩艺！"他背着手气哼哼地来回走，然后停住，两手一摊："可他又要在那儿结婚！""在农村！”“对。农村。”“跟农民？”“跟农民。”无论是根据我当时的思想觉悟，还是根据报纸电台当时的宣传倡导，这都是值得肃然起敬的。“扎根派。”我钦佩地说。“娘了个X派！”他说：“可你还要不要回来嘛？”这下我有点发懵。见我愣着，他又一跺脚，补充道：“可你还要不要革命？”这下我懂了，先不管革命是什么，2床的坦诚却令人欣慰。

不必去操心那些玄妙的逻辑了。整个冬天就快过去，我反倒拄着拐杖都走不到院子里去了，双腿日甚一日地麻木，肌肉无可遏止地萎缩，这才是需要发愁的。

我能住到7号来，事实上是因为大夫护士们都同情我。因为我还这么年轻，因为我是自费医疗，因为大夫护士都已经明白我这病的前景极为不妙，还因为我爱读书——在那个“特殊”年代，大夫护士们尤为喜爱一个爱读书的孩子。他们还把我当孩子。他们的孩子有不少也在插队。护士长好几次在我母亲面前夸我，最后总是说：“唉，这孩子……”这一声叹，暴露了当代医学的爱莫能助。他们没有别的办法帮助我，只能让我住得好一点，安静些，读读书吧——他们可能是想，说不定书中能有“这孩子”一条路。

可我已经没了读书的兴致。整日躺在床上，听各种脚步从门外走过；希望他们停下来，推门进来，又希望他们千万别停，走过去走他们的路去别来烦我。心里荒荒凉凉地祈祷：上帝如果你不收我回去，就把能走路的腿也给我留下！我确曾在没人的时候双手合十，出声地向神灵许过愿。多年以后才听一位无名的哲人说过：危卧病榻，难有无神论者。如今来想，有神无神并不值得争论，但在命运的混沌之点，人自然会忽略着科学，向虚暝之中寄托一份虔敬的祈盼。正如迄今人类最美好的向往也都没有实际的验证，但那向往并不因此消灭。

主管大夫每天来查房，每天都在我的床前停留得最久："好吧，别急。"按规矩主任每星期查一次房，可是几位主任时常都来看看我："感觉怎么样？嗯，一定别着急。"有那么些天全科的大夫都来看我，八小时以内或以外，单独来或结队来，检查一番各抒主张，然后都对我说："别着急，好吗？千万别急。"从他们谨慎的言谈中我渐渐明白了一件事：我这病要是因为一个肿瘤的捣鬼，把它打出来切下去随便扔到一个垃圾桶里，我就还能直立行走，否则我多半就是把祖先数百万年进化而来的这一优势给弄丢了。

窗外的小花园里已是桃红柳绿，二十二个春天没有哪一个像这样让人心抖。我已经不敢去羡慕那些在花丛树行间漫步的健康人和在小路上打羽毛球的年轻人。我记得我久久地看过一个身着病服的老人，在草地上踱着方步晒太阳；只要这样我想只要这样！只要能这样就行了就够了！我回忆脚踩在软软的草地上是什么感觉？想走到哪儿就走到哪儿是什么感觉？踢一颗路边的石子，踢着它走是什么感觉？没这样回忆过的人不会相信，那竟是回忆不出来的！老人走后我仍呆望着那块草地，阳光在那儿慢慢地淡薄，脱离，凝作一缕孤哀凄寂的红光一步步爬上墙，爬上楼顶……我写下一句歪诗：轻拨小窗看春色，漏入人间一斜阳。日后我摇着轮椅特意去看过那块草地，并从那儿张望7号窗口，猜想那玻璃后面现在住的谁？上帝打算为他挑选什么前程？当然，上帝用不着征求他的意见。

我乞求上帝不过是在和我开着一个临时的玩笑——在我的脊椎里装进了一个良性的瘤子。对对，它可以长在椎管内，但必须要长在软膜外，那样才能把它剥离而不损坏那条珍贵的脊髓。“对不对，大夫？”“谁告诉你的？”“对不对吧？”大夫说：“不过，看来不太像肿瘤。”我用目光在所有的地方写下“上帝保佑”，我想，或许把这四个字写到千遍万遍就会赢得上帝的怜悯，让它是个瘤子，一个善意的瘤子。要么干脆是个恶毒的瘤子，能要命的那一种，那也行。总归得是瘤子，上帝！

朋友送了我一包莲子，无聊时我捡几颗泡在瓶子里，想，赌不赌一个愿？——要是它们能发芽，我的病就不过是个瘤子。但我战战兢兢地一直没敢赌。谁料几天后莲子竟都发芽。我想好吧我赌！我想其实我压根儿是倾向于赌的。我想倾向于赌事实上就等于是赌了。我想现在我还敢赌——它们一定能长出叶子！（这是明摆着的。）我每天给它们换水，早晨把它们移到窗台西边，下午再把它们挪到东边，让它们总在阳光里；为此我抓住床栏走，扶住窗台走，几米路我走得大汗淋漓。这事我不说，没人知道。不久，它们长出一片片圆圆的叶子来。“圆”，又是好兆。我更加周到地侍候它们，坐回到床上气喘吁吁地望着它们，夜里醒来在月光中也看看它们：好了，我要转运了。并且忽然注意到“莲”与“怜”谐意，毕恭毕敬地想：上帝终于要对我发发慈悲了吧？这些事我不说没人知道。叶子长出了瓶口，闲人要去摸，我不让，他们硬是摸了呢，我便在心里加倍地祈祷几回。这些事我不说，现在也没人知道。然而科学胜利了，它三番五次地说那儿没有瘤子，没有没有。果然，上帝直接在那条娇嫩的脊髓上做了手脚！定案之日，我像个冤判的屈鬼那样疯狂地作乱，挣扎着站起来，心想干嘛不能跑一回给那个没良心的上帝瞧瞧？后果很简单，如果你没摔死你必会明白：确实，你干不过上帝。

我终日躺在床上一言不发，心里先是完全的空白，随后由着一个死字去填满。王主任来了。（那个老太太，我永远忘不了她。还有张护士长。八年以后和十七年以后，我两次真的病到了死神门口，全靠这两位老太太又把我抢下来。）我面向墙躺着，王主任坐在我身后许久不说什么，然后说了，话并不多，大意是：还是看看书吧，你不是爱看书吗？人活一天就不要白活。将来你工作了，忙得一点时间都没有，你会后悔这段时光就让它这么白白地过去了。这些话当然并不能打消我的死念，但这些话我将受用终生，在以后的若干年里我频繁地对死神抱有过热情，但在未死之前我一直记得王主任这些活，因而还是去做些事。使我没有去死的原因很多（我在另外的文章里写过），“人活一天就不要白活”亦为其一，慢慢地去做些事，于是慢慢地有了活的兴致和价值感。有一年我去医院看她，把我写的书送给她，她已是满头白发了，退休了，但照常在医院里从早忙到晚。我看着她想，这老太太当年必是心里有数，知道我还不至去死，所以她单给我指一条活着的路。可是我不知道当年我搬离7号后，是谁最先在那儿发现过一团电线？并对此作过什么推想？那是个秘密，现在也不必说。假定我那时真的去死了呢？我想问问王主任。我想，她可能会说“真要去死那谁也管不了”，可能会说“要是你找不到活着的价值，迟早还是想死”，可能会说“想一想死倒也不是坏事，想明白了倒活得更自由”，可能会说“不，我看得出来，你那时离死神还远着呢，因为你有那么多好朋友。”

友谊医院——这名字叫得好。“同仁”“协和”“博爱”济慈”，这样的名字也不错，但或稍嫌冷静，或略显张扬，都不如“友谊”听着那么平易、亲近。也许是我的偏见。二十岁末尾，双腿彻底背叛了我，我没死，全靠着友谊。还在乡下插队的同学不断写信来，软硬兼施劝骂并举，以期激起我活下去的勇气；已转回北京的同学每逢探视日必来看我，甚至非探视日他们也能进来。“怎么进来的你们？”“咳，闭上只眼睛想一会儿就进来了。”这群插过队的，当年可以凭一张站台票走南闯北，甭担心还有他们走不通的路。那时我搬到了加号。加号原本不是病房，里面有个小楼梯间，楼梯间弃置不用了，余下的地方仅够放一张床，虽然窄小得像一节烟筒，但毕竟是单间，光景固不可比十级，却又非十一级可比。这又是大夫护士们的一番苦心，见我的朋友太多，都是少男少女难免说笑得不管不顾，既不能影响了别人又不可剥夺了我的快乐，于是给了我十点五级的待遇。加号的窗口朝向大街，我的床挨着窗，在那儿我度过了二十一岁中最惬意的时光。每天上午我就坐在窗前清清静静地读书，很多名著我都是在那时读到的，也开始像模像样地学着外语。一过中午，我便直着眼睛朝大街上眺望，尤其注目骑车的年轻人和6路汽车的车站，盼着朋友们来。有那么一阵子我暂时忽略了死神。朋友们来了，带书来，带外面的消息来，带安慰和欢乐来，带新朋友来，新朋友又带新的朋友来，然后都成了老朋友。以后的多少年里，友谊一直就这样在我身边扩展，在我心里深厚。把加号的门关紧，我们自由地嬉笑怒骂，毫无顾忌地议论无顾忌地议论世界上所有的事，高兴了还可以轻声地唱点什么——陕北民歌，或插队知青自己的歌。晚上朋友们走了，在小台灯幽寂而又喧嚣的光线里，我开始想写点什么，那便是我创作欲望最初的萌生。我一时忘记了死，还因为什么？还因为爱情的影子在隐约地晃动。那影子将长久地在我心里晃动，给未来的日子带来幸福也带来痛苦，尤其带来激情，把一个绝望的生命引领出死谷；无论是幸福还是痛苦，都会成为永远的珍藏和神圣的纪念。

二十一岁、二十九岁、三十八岁，我三进三出友谊医院，我没死，全靠了友谊。后两次不是我想去勾结死神，而是死神对我有了兴趣；我高烧到四十多度，朋友们把我抬到友谊医院，内科说没有护理截瘫病人的经验，柏大夫就去找来王主任，找来张护士长，于是我又住进神内病房。

尤其是二十九岁那次，高烧不退。整天昏睡、呕吐，差不多三个月不敢闻饭味，光用血管去喝葡萄糖，血压也不安定，先是低压升到一百二接着高压又降到六十，大夫们一度担心我活不过那年冬天了——肾，好像是接近完蛋的模样，治疗手段又像是接近于无了。我的同学找柏大夫商量，他们又一起去找唐大夫；要不要把这事告诉我父亲？他们决定：不。告诉他，他还不是白着急？然后他们分了工：死的事由我那同学和柏大夫管，等我死了由他们去向我父亲解释；活着的我由唐大夫多多关照。唐大夫说："好，我可以教学的理由留他在这儿，他活一天就还要想一天办法。"当然，这些事都是我后来听说的。真是人不当死鬼神奈何其不得，冬天一过我又活了，看样子极可能活到下一个世纪去。唐大夫就是当年把我接进10号的那个女大夫，就是那个步履轻盈温文尔雅的女大夫，但八年过去她已是两鬓如霜了。又过了九年，我第三次住院时唐大夫已经不在。听说我又来了，科里的老大夫、老护士们都来看我，问候我，夸我的小说写得还不错，跟我叙叙家常，唯唐大夫不能来了。我知道她不能来了，她不在了。我曾摇着轮椅去给她送过一个小花圈，大家都说：她是累死的，她肯定是累死的！我永远记得她把我迎进病房的那个中午，她贴近我的耳边轻轻柔柔地问："午饭吃了没？"倏忽之间，怎么，她已经不在了？她不过才五十岁出头。这事真让人哑口无言，总觉得不大说得通，肯定是谁把逻辑摆弄错了。

但愿柏大夫这一代的命运会好些。实际只是当着众多病人时我才叫她柏大夫。平时我叫她“小柏”她叫我“小史”。她开玩笑时自称是我的“私人保健医”，不过这不像玩笑这很近实情。近两年我叫她“老柏”她叫我“老史”了。十九年前的深秋，病房里新来个卫生员，梳着短辫儿，戴一条长围巾，穿一双黑灯芯绒鞋，虽是一口地道的北京城里话，却满身满脸的乡土气尚未退尽。“你也是插队的？”我问她。“你也是？”听得出来，她早已知道了。“你哪届？”“老初二。你呢？”“我六八，老初一。你哪儿？”“陕北。你哪儿？”“我内蒙。”这就行了，全明白了，这样的招呼是我们这代人的专利，这样的问答立刻把我们拉近。我料定，几十年后这样的对话仍会在一些白发苍苍的人中间流行，仍是他们之间最亲切的问候和最有效的沟通方式；后世的语言学者会煞费苦心地对此做一番考证，正儿八经地写一篇论文去得一个学位。而我们这代人是怎样得一个学位的呢？十四五岁停学，十七八岁下乡，若干年后回城，得一个最被轻视的工作，但在农村呆过了还有什么工作不能干的呢，同时学心不死业余苦读，好不容易上了个大学，毕业之后又被轻视——因为真不巧你是个“工农兵学员”，你又得设法摘掉这个帽子，考试考试考试这代人可真没少考试，然后用你加倍的努力让老的少的都服气，用你的实际水平和能力让人们相信你配得上那个学位——比如说，这就是我们这代人得一个学位的典型途径。这还不是最坎坷的途径。“小柏”变成“老柏”，那个卫生员成为柏大夫，大致就是这么个途径，我知道，因为我们已是多年的朋友。她的丈夫大体上也是这么走过来的，我们都是朋友了；连她的儿子也叫我“老史”。闲下来细细去品，这个“老史”最令人羡慕的地方，便是一向活在友谊中。真说不定，这与我二十一岁那年恰恰住进了“友谊”医院有关。

因此偶尔有人说我是活在世外桃源，语气中不免流露了一点讥讽，仿佛这全是出于我的自娱甚至自欺。我颇不以为然。我既非活在世外桃源，也从不相信有什么世外桃源。但我相信世间桃源，世间确有此源，如果没有恐怕谁也就不想再活；倘此源有时弱小下去，依我看，至少讥讽并不能使其强大。千万年来它作为现实，更作为信念，这才不断。它源于心中再流人心中，它施于心又由于心，这才不断。欲其强大，舍心之虔诚又向何求呢？

也有人说我是不是一直活在童话里？语气中既有赞许又有告诫。赞许并且告诫，这很让我信服。赞许既在，告诚并不意指人们之间应该加固一条防线，而只是提醒我：童话的缺憾不在于它太美，而在于它必要走进一个更为纷繁而且严酷的世界，那时只怕它太娇嫩。

事实上在二十一岁那年，上帝已经这样提醒我了，他早已把他的超级童话和永恒的谜语向我略露端倪。

住在4号时，我见过一个男孩。他那年七岁，家住偏僻的山村，有一天传说公路要修到他家门前了，孩子们都翘首以待好梦联翩。公路终于修到，汽车终于开来，乍见汽车，孩子们惊讶兼着胆怯，远远地看。日子一长孩子便有奇想，发现扒住卡车的尾巴可以威风凛凛地兜风，他们背着父母玩得好快活。可是有一次，只一次，这七岁的男孩失手从车上摔了下来。他住进医院时已经不能跑，四肢肌肉都在萎缩。病房里很寂寞，孩子一瘸一瘸地到处窜；淘得过分了，病友们就说他："你说说你是怎么伤的？"孩子立刻低了头，老老实实地一动不动。"说呀？""说，因为什么？"孩子嗫嚅着。"喂，怎么不说呀？给忘啦？""因为扒汽车，"孩子低声说。"因为淘气"孩子补充道。他在诚心诚意地承认错误。大家都沉默，除了他自己谁都知道：这孩子伤在脊髓上，那样的伤是不可逆的。孩子仍不敢动，规规矩矩地站着用一双正在萎缩的小手擦眼泪。终于会有人先开口，语调变得哀柔："下次还淘不淘了？"孩子很熟悉这样的宽容或原谅，马上使劲摇头："不，不，不了！"同时松一口气了。但这一回不同以往，怎么没有人接着向他允诺"好啦，只要改了就还是好孩子"呢？他睁大眼睛去看每一个大人，那意思是：还不行么？再不淘气了还不行么？他不知道，他还不懂，命运中有一种错误是只能犯一次的，并没有改正的机会，命运中有一种并非是错误的错误（比如淘气，是什么错误呢），但这却是不被原谅的。那孩子小名叫"五蛋"，我记得他，那时他才七岁，他不知道，他还不懂。未来，他势必有一天会知道，可他势必有一天就会懂吗？但无论如何，那一天就是一个童话的结尾。在所有童话的结尾处，让我们这样理解吧：上帝为锤炼生命，将布设下一个残酷的谜语。

住在6号时，我见过有一对恋人。那时他们正是我现在的年纪，四十岁。他们是大学同学。男的二十四岁时本来就要出国留学，日期已定，行装都备好，可命运无常，不知因为什么屁大的一点事不得不拖延一个月，偏就在这一个月里因为一次医疗事故他瘫痪了。女的对他一往情深，等着他，先是等着他病好，没等到；然后还等着他，等着他同意跟她结婚，还是没等到。外界的和内心的阻力重重，一年一年，男的既盼着她来又说服着她走。但一年一年，病也难逃爱也难逃，女的就这么一直等着。有一次她狠了狠心，调离北京到外地去工作了，但是斩断感情却不这么简单，而且再想调回北京也不这么简单，女的只要有三天假期也迢迢千里地往北京跑。男的那时病更重了，全身都不能动了，和我同住一个病室。女的走后，男的对我说过：“你要是爱她，你就不能害她，除非你不爱她，可是你又为什么要结婚呢？”男的睡着了，女的对我说过：“我知道他这是爱我，可他不明白其实这是害我，我真想一走了事，我试过，不行，我知道我没法不爱他。”女的走了男的又对我说过：“不不，她还年轻，她还有机会，她得结婚，她这人不能没有爱。”男的睡了女的又对我说过：“可什么是机会呢？机会不在外面在心里，结婚的机会有可能在外边，可爱情的机会只能在心里。”女的不在时，我把她的话告诉男的，男的默然垂泪。我问他：“你干嘛不能跟她结婚呢？”他说：“这你还不懂。”他说：“这很难说得清，因为你活在整个这个世界上。”他说：“所以，有时候这不是光由两个人就能决定的。”我那时确实还不懂。我找到机会又问女的：“为什么不是两个人就能决定的？”她说：“不，我不这么认为。”她说：“不过确实，有时候这确实很难。”她沉吟良久，说：“真的，跟你说你现在也不懂。”十九年过去了，那对恋人现在该已经都是老人。我不知道现在他们各自在哪儿，我只听说他们后来还是分手了。十九年中，我自己也有过爱情的经历了，现在要是有个二十一岁的人问我爱情都是什么？大概我也只能回答：真的，这可能从来就不是能说得清的。无论她是什么，她都很少属于语言，而是全部属于心的。还是那位台湾作家三毛说得对：爱如禅，不能说不能说，一说就错。那也是在一个童话的结尾处，上帝为我们能够永远地追寻着活下去，而设置的一个残酷却诱人的谜语。

二十一岁过去，我被朋友们抬着出了医院，这是我走进医院时怎么也没料到的。我没有死，也再不能走，对未来怀着希望也怀着恐惧。在以后的年月里，还将有很多我料想不到的事发生，我仍旧有时候默念着“上帝保佑”而陷入茫然。但是有一天我认识了神，他有一个更为具体的名字——精神。在科学的迷茫之处，在命运的混沌之点，人唯有乞灵于自己的精神。不管我们信仰什么，都是我们自己的精神的描述和引导。

忆念荷姐

季羡林

如果统领宇宙的造物主愿意展示他那宏大无比的法力的话，愿他让我那在济南的荷姐仍然活着，她只比我大两岁。

最近一个时期以来，经常想到荷姐。一转眼，她的面影就在我眼前晃动，莞尔而笑。在仪态上，她虽然比不了自己的胞姐小姐姐的花容月貌；但是光艳动人，她还是当之无愧的。

话头一开，就要回到七八十年前去。当时我们家同荷姐家同住一个大院，她住后院，我们住前院。我当时是一个十七八岁的毛头小伙子，语不惊人，貌不逮众，寄人篱下，宛如一只小癞蛤蟆，没有几个人愿意同我交谈的。只有两个人算是例外。一个是小姐姐，一个就是荷姐。这一件事我永远不会忘记。

到了1929年，我十八岁了。叔父母为了传宗接代，忙活着给我找个媳妇。谈到媳妇，我有我的选择。我的第一选择对象就是荷姐。她是一个难得的好媳妇：漂亮、聪明、伶俐、温柔。但是，西湖月老祠对联的原一联是：是前生注定事莫错过姻缘。我同荷姐的事情大概是前生没有注定，终于错过了姻缘。

1935年，我以交换研究生的名义赴德国留学。时间原定只有两年。但是，1937年，日寇发动了全面对华侵略战争，我无法回国。1939年，第二次世界大战爆发，我有国难归，一住就是十年。幸蒙哈隆教授（Gustav Haloun）垂青，任命我为汉学讲师，避免成为饿殍。我是一个闲不住的人。我借这个机会，学习了梵文、巴利文、吐火罗文。于1941年获得哲学博士学位。主系是印度学，两个副系，一个是斯拉夫语言学，一个是英国语言学。博士拿到手，我仍然毫不懈怠，开电灯以继晷，恒兀兀以穷年，结果写成了几篇论文，颇有一些新见解、新发现。论文都是用德文写成的。其中一篇讲语尾 aṃ变为 u 或 o 的问题，是一篇颇有意义的文章。Sieg 教授一看，大为欣赏，立即送哥廷根科学院院刊发表。一个外国青年学者在科学院院刊上发表文章，是一件非同小可的事情。

1945年秋天，我离开了德国到瑞士去。在那里参加了庆祝国庆的盛会。对中国（那时是国民党）外交官有了初步的感性认识。

1946年，我离开瑞士，乘运载法国兵的英国巨轮，到了越南西贡。在那里住了几个月。又乘轮出发，经香港到了上海。出国十年，现在一旦回到祖国母亲的怀抱里，心中激动万分，很想跪下亲吻土地。但是，一想到国内官僚正在乘日寇高官撤走，国内大汉奸纷纷被镇压之际大耍五子登科的把戏，我立即气馁，心虚，不想采取什么行动了。

这一年的夏天，我一半住在上海，一半住在南京。在上海，晚上就睡在客家的榻榻米上。在南京，晚上就睡在长之在国内编译馆的办公桌上。实际上是过着流浪的生活。心情极不稳定，切盼自己有朝一日能有自己的一间小房。

这年秋天，我从上海乘轮船到达秦皇岛。下船登车，直抵北京。当时烽火遍地。这一段铁路由美国兵把守，能得畅通。我离故都已经十年。这一次老友重逢，丝毫没有欢欣鼓舞的感觉。正相反，节令正值深秋，秋水吹昆明（湖），落叶满长安（街），一片荒寒肃杀之气。古文“悲哉，秋之为气也”，差能表达我的心情于万一。

我被安排到五四时期名建筑红楼上去住。红楼早已过了自己辉煌的童年、青年和壮年，现在已经是一位耄耋老翁了。它当然是一个无生命的东西。然而，在我的心目中，它却是活的东西。静心观万物，冷眼看世界，积累了大量的智慧和见识，我住在里面，仿佛都能享受一份。甚可乐也。可是，还有另外一方面的情况。此时，四层大楼一百多间房子，只住着包括我在内的四五个人。走廊上路灯昏黄，电灯只开了几盏。一想到楼下地下室日寇占领期间是日本宪兵队刑讯中国革命者的地方，也是他们杀人的地方。据说，到现在还能听到鬼叫。我居德国十年，心中鬼神的概念已经荡然无存。即使是这样，我现在住在这一座空荡荡的大楼里，只感到鬼影憧憧，鬼气森森，我不禁毛发直竖。

第二天，我去见汤用彤先生。由陈寅恪先生推荐，汤用彤先生接受，我受聘为北京大学教授。这次去见汤先生，由代校长傅斯年陪伴。校长胡适正在美国。在路上，傅斯年先生一个劲地给我做思想工作。说在国外获得博士学位以后，回国到北大都必须先当两年的副教授，然后才能转为正教授。这是多年的规定，不允许有例外。我洗耳恭听，一言不发。见到汤先生以后，他明确无误地告诉我：聘我为北京大学正教授，先做一个礼拜的副教授，表示并不是无端跳过了这一个必经的阶段。我当然感激之至。这是我在六十年前进入北大时的一段佳话。

这一年和下一年——1947年，我都在北大教书。一直到1948年，我才得到一个机会，搭乘飞机，飞回济南。我已经离家十三年了。这一次回来，也可以说是一享家人父子之乐吧。

荷姐当然见到了。她漂亮如故，调皮有加。一见我，先是高声呼叫“季大博士”。这我并不奇怪，我们从小互相开玩笑惯了。但是，她接着左一个“季大博士”，右一个“季大博士”，说个不停。这就引起了我的疑心。我悚然听之，我猛然发现，在她的内心深处蕴藏着一点儿凄凉，一点儿寂寞，一点儿幽怨，还有一点儿悔不当初。一谈到悔不当初，我就必须说，这是我们自己酿成的一杯苦酒，必须由我们自己来品尝。在这里，主要当事人是荷姐本人，我一点责任都没有。

从此以后，就同荷姐失去了联系，到现在已经快六十年了。其间，我曾由李玉洁陪伴回济南一次，目的是参加山大校庆。来去匆匆，没有时间去探寻荷姐的行踪。到了今天，又已经过去了几年。看来，要想见到荷姐，只有梦中团圆了。

初恋

周作人

那时我十四岁，她大约是十三岁罢。我跟着祖父的妾宋姨太太寄寓在杭州的花牌楼，间壁住着一家姚姓，她便是那家的女儿，她本姓杨，住在清波门头，大约因为行三，人家都称她作三姑娘。姚家老夫妇没有子女，便认她做干女儿，一个月里有二十多天住在他们家里，宋姨太太和远邻的羊肉店石家的媳妇虽然很说得来，与姚宅的老妇却感情很坏，彼此都不交口，但是三姑娘并不管这些事，仍旧推进门来游嬉。她大抵先到楼上去，同宋姨太太搭讪一回，随后走下楼来，站在我同仆人阮升公用的一张板桌旁边，抱着名叫“三花”的一只大猫，看我映写陆润痒的木刻的字帖。

我不曾和她谈过一句话，也不曾仔细的看过她的面貌与姿态。大约我在那时已经很是近视，但是还有一层缘故，虽然非意识的对于她很是感到亲近，一面却似乎为她的光辉所掩，开不起眼来去端详她了。在此刻回想起来，仿佛是一个尖面庞，乌眼睛，瘦小身材，而且有尖小的脚的少女，并没有什么殊胜的地方，但在我的性的生活里总是第一个人，使我于自己以外感到对于别人的爱着，引起我没有明了的性的概念的对于异性的恋慕的第一个人了。

我在那时候当然是“丑小鸭”，自己也是知道的，但是终不以此而减灭我的热情。每逢她抱着猫来看我字，我便不自觉的振作起来，用了平常所无的努力去映写，感着一种无所希求迷蒙的喜乐。并不问她是否爱我，或者也还不知道自己是爱着她，总之对于她的存在感到亲近喜悦，并且愿为她有所尽力，这是当时实在的心情，也是她所给我的赐物了。在她是怎样不能知道，自己的情绪大约只是淡淡的一种恋慕，始终没有想到男女夫妇的问题。有一天晚上，宋姨太太忽然又发表对于姚姓的憎恨，末了说道：

“阿三那小东西，也不是好东西，将来总要流落到拱辰桥去做婊子的。”

我不很明白做婊子这些是什么事情，但当时听了心里想道：

“她如果真是流落做了婊子，我必定去救她出来。”

大半年的光阴这样的消费过去了。到了七八月里因为母亲生病，我便离开杭州回家去了。一个月以后，阮升告假回去，顺便到我家里，说起花牌楼的事情，说道：

“杨家的三姑娘患霍乱死了。”

我那时也很觉得不快，想像她的悲惨的死相，但同时却又似乎很是安静，仿佛心里有一块大石头已经放下了。

择偶记

朱自清

自己是长子长孙，所以不到十一岁就说起媳妇来了。那时对于媳妇这件事简直茫然，不知怎么一来，就已经说上了。是曾祖母娘家人，在江苏北部一个小县份的乡下住着。家里人都在那里住过很久，大概也带着我；只是太笨了，记忆里没有留下一点影子。祖母常常躺在烟榻上讲那边的事，提着这个那个乡下人的名字。起初一切都像只在那白腾腾的烟气里。日子久了，不知不觉熟悉起来了，亲昵起来了。除了住的地方，当时觉得那叫做“花园庄”的乡下实在是最有趣的地方了。因此听说媳妇就定在那里，倒也仿佛理所当然，毫无意见。每年那边田上有人来，蓝布短打扮，衔着旱烟管，带好些大麦粉，白薯干儿之类。他们偶然也和家里人提到那位小姐，大概比我大四岁，个儿高，小脚；但是那时我热心的其实还是那些大麦粉和白薯干儿。

记得是十二岁上，那边捎信来，说小姐痨病死了。家里并没有人叹惜；大约他们看见她时她还小，年代一多，也就想不清是怎样一个人了。父亲其时在外省做官，母亲颇为我亲事着急，便托了常来做衣服的裁缝做媒。为的是裁缝走的人家多，而且可以看见太太小姐。主意并没有错，裁缝来说一家人家，有钱，两位小姐，一位是姨太太生的；他给说的是正太太生的大小姐。他说那边要相亲。母亲答应了，定下日子，由裁缝带我上茶馆。记得那是冬天，到日子母亲让我穿上枣红宁绸袍子，黑宁绸马褂，戴上红帽结儿的黑缎瓜皮小帽，又叮嘱自己留心些。茶馆里遇见那位相亲的先生，方面大耳，同我现在年纪差不多，布袍布马褂，像是给谁穿着孝。这个人倒是慈祥的样子，不住地打量我，也问了些念什么书一类的话。回来裁缝说人家看得很细：说我的“人中”长，不是短寿的样子，又看我走路，怕脚上有毛病。总算让人家看中了，该我们看人家了。母亲派亲信的老妈子去。老妈子的报告是，大小姐个儿比我大得多，坐下去满满一圈椅；二小姐倒苗苗条条的，母亲说胖了不能生育，像亲戚里谁谁谁；教裁缝说二小姐。那边似乎生了气，不答应，事情就吹了。

母亲在牌桌上遇见一位太太，她有个女儿，透着聪明伶俐。母亲有了心，回家说那姑娘和我同年，跳来跳去的，还是个孩子。隔了些日子，便托人探探那边口气。那边做的官似乎比父亲的更小，那时正是光复的前年，还讲究这些，所以他们乐意做这门亲。事情已到九成九，忽然出了岔子。本家叔祖母用的一个寡妇老妈子熟悉这家子的事，不知怎么教母亲打听着了。叫她来问，她的话遮遮掩掩的。到底问出来了，原来那小姑娘是抱来的，可是她一家很宠她，和亲生的一样。母亲心冷了。过了两年，听说她已生了痨病，吸上鸦片烟了。母亲说，幸亏当时没有定下来。我已懂得一些事了，也这么想着。

光复那年，父亲生伤寒病，请了许多医生看。最后请着一位武先生，那便是我后来的岳父。有一天，常去请医生的听差回来说，医生家有位小姐。父亲既然病着，母亲自然更该担心我的事。一听这话，便追问下去。听差原只顺口谈天，也说不出个所以然。母亲便在医生来时，教人问他轿夫，那位小姐是不是他家的。轿夫说是的。母亲便和父亲商量，托舅舅问医生的意思。那天我正在父亲病榻旁，听见他们的对话。舅舅问明了小姐还没有人家，便说，像 × 翁这样人家怎么样？医生说，很好呀。话到此为止，接着便是相亲；还是母亲那个亲信的老妈子去。这回报告不坏，说就是脚大些。事情这样定局，母亲教轿夫回去说，让小姐裹上点儿脚。妻嫁过来后，说相亲的时候早躲开了，看见的是另一个人。至于轿夫捎的信儿，却引起了一段小小风波。岳父对岳母说，早教你给她裹脚，你不信；瞧，人家怎么说来着！岳母说，偏偏不裹，看他家怎么样！可是到底采取了折衷的办法，直到妻嫁过来的时候。

我的梦，我的青春

郁达夫

不晓得是在哪一本俄国作家的作品里，曾经看到过一段写一个小村落的文字，他说 :“譬如有许多纸折起来的房子，摆在一段高的地方，被大风一吹，这些房子就歪歪斜斜地飞落到了谷里，紧挤在一道了。”前面有一条富春江绕着，东西北的三面尽是些小山包住的富阳县城，也的确可以借了这一段文字来形容。

虽则是一个行政中心的县城，可是人家不满三千，商店不过百数 ; 一般居民，全不晓得做什么手工业，或其他新式的生产事业，所靠以度日的，有几家自然是祖遗的一点田产，有几家则专以小房子出租，在吃两元三元一月的租金 ; 而大多数的百姓，却还是既无恒产，又无恒业，没有目的，没有计划，只同蟑螂似地在那里出生，死亡，繁殖下去。

这些蟑螂的密集之区，总不外乎两处地方 ; 一处是三个铜子一碗的茶店，一处是六个铜子一碗的小酒馆。他们在那里从早晨坐起，一直可以坐到晚上上排门的时候；讨论柴米油盐的价格，传播东邻西舍的新闻，为了一点不相干的细事，譬如说罢，甲以为李德泰的煤油只卖三个铜子一提，乙以为是五个铜子两提的话，双方就会得争论起来；此外的人，也马上分成甲党或乙党提出证据，互相论辩；弄到后来，也许相打起来，打得头破血流，还不能够解决。

因此，在这么小的一个县城里，茶店酒馆，竟也有五六十家之多；于是大部分的蟑螂，就家里可以不备面盆手巾，桌椅板凳，饭锅碗筷等日常用具，而悠悠地生活过去了。离我们家里不远的大江边上，就有这样的两处蟑螂之窟。

在我们的左面，住有一家砍砍柴，卖卖菜，人家死人或娶亲，去帮帮忙跑跑腿的人家。他们的一族，男女老小的人数很多很多，而住的那一间屋，却只比牛栏马槽大了一点。他们家里的顶小的一位苗裔年纪比我大一岁，名字叫阿千，冬天穿的是同伞似的一堆破絮，夏天，大半身是光光地裸着的；因而皮肤黝黑，臂膀粗大，脸上也像是生落地之后，只洗了一次的样子。他虽只比我大了一岁，但是跟了他们屋里的大人，茶店酒馆日日去上，婚丧的人家，也老在进出；打起架吵起嘴来，尤其勇猛。我每天见他从我们的门口走过，心里老在羡慕，以为他又上茶店酒馆去了，我要到什么时候，才可以同他一样的和大人去夹在一道呢！而他的出去和回来，不管是在清早或深夜，我总没有一次不注意到的，因为他的嗓音很大，有时候一边走着，一边在绝叫着和大人谈天，若只他一个人的时候哩，总在噜苏地唱戏。

当一天的工作完了，他跟了他们家里的大人，一道上酒店去的时候，看见我欣羡地立在门口，他原也曾邀约过我；但一则怕母亲要骂，二则胆子终于太小，经不起那些大人的盘问笑说，我总是微笑着摇摇头，就跑进屋里去躲开了，为的是上茶酒店去的诱感性，实在强不过。

有一天春天的早晨，母亲上父亲的坟头去扫墓去了，祖母也一侵早上了一座远在三四里路外的庙里去念佛。翠花在灶下收拾早餐的碗筷，我只一个人立在门口，看有淡云浮着的青天。忽而阿千唱着戏，背着钩刀和小扁担绳索之类，从他的家里出来，看了我的那种没精打采的神气，他就立了下来和我谈天，并且说："鹳山后面的盘龙山上，映山红开得多着哩；并且还有乌米饭（是一种小黑果子），彤管子（也是一种刺果），刺莓等等，你跟了我来罢，我可以采一大堆给你。你们奶奶，不也在北面山脚下的真觉寺里念佛么？等我砍好了柴，我就可以送你上寺里去吃饭去。"

阿千本来是我所崇拜的英雄，而这一回又只有他一个人去砍柴，天气那么的好，今天侵早祖母出去念佛的时候，我本是嚷着要同去的，但他因为怕我走不动，就把我留下了。现在一听到了这一个提议，自然是心里急跳了起来，两只脚便也很轻松地跟他出发了，并且还只怕翠花要出来阻挠，跑路跑得比平时只有得快些。出了弄堂，向东沿着江，一口气跑出了县城之后，天地宽广起来了，我的对于这一次冒险的惊惧之心就马上被大自然的威力所压倒。这样问问，那样谈谈，阿千真像是一部小小的自然界的百科大辞典，而到盘龙山脚去的一段野路，便成了我最初学自然科学的模范小课本。

麦已经长得有好几尺高了，麦田里的桑树，也都发出了绒样的叶芽。晴天里舒叔叔的一声飞鸣过去的，是老鹰在觅食；树枝头吱吱喳喳，似在打架又像是在谈天的，大半是麻雀之类：远处的竹林丛里，既有抑扬，又带余韵，在那里歌唱的，才是深山的画眉。

上山的路旁，一拳一拳像小孩子的拳头似的小草，长得很多；拳的左右上下，满长着了些绛黄的绒毛，仿佛是野生的虫类，我起初看了，只在害怕，走路的时候，若遇到一丛，总要绕一个弯，让开它们，但阿千却笑起来了，他说：“这是薇蕨，摘了去，把下面的粗干切了，炒起来吃，味道是很好的哩！”

渐走渐高了，山上的青红杂色，迷乱了我的眼目。日光直射在山坡上，从草木泥土里蒸发出来的一种气息，使我呼吸感到了困难；阿千也走得热起来了，把他的一件破夹袄一脱，丢向了地下。教我在一块大石上坐下息着，他一个人穿了一件小衫唱着戏去砍柴采野果去了；我回身立在石上，向大江一看，又深深地深深地得到了一种新的惊异。

这世界真大呀！那宽广的水面！那澄碧的天空！那些上下的船只，究竟是从哪里来，上哪里去的呢？

我一个人立在半山的大石上，近看看有一层阳炎在颤动着的绿野桑田，远看看天和水以及淡淡的青山，渐听得阿千的唱戏声音幽下去远下去了，心里就莫名其妙的起了一种渴望与愁思。我要到什么时候才能大起来呢？我要到什么时候才可以到这像在天边似的远处去呢？到了天边，那么我的家呢？我的家里的人呢？同时感到了对远处的遥念与对乡井的离愁，眼角里便自然而然地涌出了热泪。到后来，脑子也昏乱了，眼睛也模糊了，我只呆呆的立在那块大石上的太阳里做幻梦。我梦见有一只揩擦得很洁净的船，船上面张着了一面很大很饱满的白帆，我和祖母、母亲、翠花、阿千等都在船上，吃着东西，唱着戏，顺流下去，到了一处不相识的地方。我又梦见城里的茶店酒馆，都搬上山来了，我和阿千便在这山上的酒馆里大喝大嚷，旁边的许多大人，都在那里惊奇仰视。

这一种接连不断的白日之梦，不知做了多少时候，阿千却背了一捆小小的草柴，和一包刺莓映山红乌米饭之类的野果，回到我立在那里的大石边来了；他脱下了小衫，光着了脊肋，那些野果就系包在他的小衫里面的。

他提议说，时候不早了，他还要砍一捆柴，且让我们吃着野果，先从山腰走向后山去罢，因为前山的草柴，已经被人砍完，第二捆不容易采刮拢来了。

慢慢地走到了山后，山下的那个真觉寺的钟鼓声音，早就从春空里传送到了我们的耳边，并且一条青烟，也刚从寺后的厨房里透出了屋顶。向寺里看了一眼，阿千就放下了那捆柴，对我说：“他们在烧中饭了，大约离吃饭的时候也不很远，我还是先送你到寺里去罢！”

我们到了寺里，祖母和许多同伴者的念佛婆婆，都张大了眼睛，惊异了起来。阿千走后，她们就开始问我这一次冒险的经过，我也感到了一种得意，将如何出城，如何和阿千上山采集野果的情形，说得格外地详细。后来坐上桌去吃饭的时候，有一位老婆婆问我：“你大了，打算去做些什么？”我就毫不迟疑地回答她说：“我愿意去砍柴！”

故乡的茶店酒馆，到现在还在风行热闹，而这一位茶店酒馆里的小英雄，初次带我上山去冒险的阿千，却在一年涨大水的时候，喝醉了酒，淹死了。他们的家族，也一个个地死的死，散的散，现在没有生存者了；他们的那一座牛栏似的房屋，已经换过了两三个主人。时间是不饶人的，盛衰起灭也绝对地无常的：阿千之死，同时也带去了我的梦，我的青春！

第三辑

愿时光能缓，故人不散

一条老狗

季羡林

也不知道是什么原因，我总会不时地想起一条老狗来。在过去七十年的漫长时间内，不管我是在国内，还是在国外，不管我是在亚洲、欧洲、非洲，一闭眼睛，就会不时的有一条老狗的影子在我眼前晃动，背景是在一个破破烂烂的篱笆门前，后面是绿苇丛生的大坑，透过苇丛的疏隙处，闪亮出一片水光。

这究竟是怎么一回事呢？

无论用多么夸大的词句，也决不能说这一条老狗是逗人喜爱的。它只不过是一条最普普通通的狗，毛色棕红、灰暗，上面沾满了碎草和泥土，在乡村群狗当中，无论如何也显不出一点特异之处，既不凶猛，又不魁梧。然而，就是这样一条不起眼儿的狗却揪住了我的心，一揪就是七十年。

因此，话必须从七十年前说起。当时我还是一个不谙世事的毛头小伙子，正在清华大学读西洋文学系二年级。能够进入清华园，是我平生最满意的事情，日子过得十分惬意。然而，好景不长。有一天，是在秋天，我忽然接到从济南家中打来的电报，只是四个字："母病速归。"我仿佛是劈头挨了一棒，脑筋昏迷了半天。我立即买好了车票，登上开往济南的火车。

我当时的处境是，我住在济南叔父家中，这里就是我的家，而我母亲却住在清平官庄的老家里。整整十四年前，我六岁的那一年，也就是一九一七年，我离开了故乡，也就是离开了母亲，到济南叔父处去上学。我上一辈共有十一位叔伯兄弟，而男孩却只有我一个。济南的叔父也只有一个女孩，于是在表面上我就成了一个宝贝蛋。然而真正从心眼里爱我的只有母亲一人，别人不过是把我看成能够传宗接代的工具而已。这一层道理一个六岁的孩子是无法理解的。可是离开母亲的痛苦我却是理解得又深又透的。到了济南后第一夜，我生平第一次不在母亲怀抱里睡觉，而是孤身一个人躺在一张小床上，我无论如何也睡不着，我一直哭了半夜。这是怎么一回事呀！为什么把我弄到这里来了呢？"可怜小儿女，未解忆长安。"母亲当时的心情，我还不会去猜想。现在追忆起来，她一定会是柔肠寸断，痛哭决不止半夜。现在，这已成了一个万古之谜，永远也不会解开了。

从此我就过上了寄人篱下的生活。我不能说，叔父和婶母不喜欢我，但是，我唯一被喜欢的资格就是，我是一个男孩。不是亲生的孩子同自己亲生的孩子感情必然有所不同，这是人之常情，用不着掩饰，更用不着美化。我在感情方面不是一个麻木的人，一些细微末节，我体会极深。常言道，没娘的孩子最痛苦。我虽有娘，却似无娘，这痛苦我感受得极深。我是多么想念我故乡里的娘呀！然而，天地间除了母亲一个人外有谁真能了解我的心情我的痛苦呢？因此，我半夜醒来一个人偷偷地在被窝里吞声饮泣的情况就越来越多了。

在整整十四年中，我总共回过三次老家。第一次是在我上小学的时候，为了奔大奶奶之丧而回家的。大奶奶并不是我的亲奶奶，但是从小就对我疼爱异常。如今她离开了我们，我必须回家，这似乎是天经地义的事情。这一次我在家只住了几天，母亲异常高兴，自在意中。第二次回家是在我上中学的时候，原因是父亲卧病。叔父亲自请假回家，看自己共过患难的亲哥哥。这次在家住的时间也不长。我每天坐着牛车，带上一包点心，到离开我们村相当远的一个大地主兼中医住的村里去请他，到我家来给父亲看病，看完再用牛车送他回去。路是土路，坑洼不平，牛车走在上面，颠颠簸簸，来回两趟，要用去差不多一整天的时间。至于医疗效果如何呢？那只有天晓得了。反正父亲的病没有好，也没有变坏。叔父和我的时间都是有限的，我们只好先回济南了。过了没有多久，父亲终于走了。一叔到济南来接我回家。这是我第三次回家，同第一次一样，专为奔丧。在家里埋葬了父亲，又住了几天。现在家里只剩下了母亲和二妹两个人。家里失掉了男主人，一个妇道人家怎样过那种只有半亩地的穷日子，母亲的心情怎样，我只有十一二岁，当时是难以理解的。但是，我仍然必需离开她到济南去继续上学。

在这样万般无奈的情况下，但凡母亲还有不管是多么小的力量，她也决不会放我走的。可是她连一丝一毫的力量也没有。她一字不识，一辈子连个名字都没有能够取上。做了一辈子“季赵氏”。到了今天，父亲一走，她怎样活下去呢？她能给我饭吃吗？不能的，决不能的。母亲心内的痛苦和忧愁，连我都感觉到了。最后她只能眼睁睁地看着自己最亲爱的孩子离开了自己，走了，走了。谁会知道，这是她最后一次看到自己的儿子呢？谁会知道，这也是我最后一次见到母亲呢？

回到济南以后，我由小学而初中，由初中而高中，由高中而到北京来上大学，在长达八年的过程中，我由一个浑浑沌沌的小孩子变成了一个青年人，知识增加了一些，对人生了解得也多了不少，对母亲当然仍然是不断想念的。但在暗中饮泣的次数少了，想的是一些切切实实的问题和办法。我梦想，再过两年，我大学一毕业，由于出身一个名牌大学，抢一只饭碗是不成问题的。到了那时候，自己手头有了钱，我将首先把母亲迎至济南。她才四十来岁，今后享福的日子多着哩。

可是我这一个奇妙如意的美梦竟被一张“母病速归”的电报打了个支离破碎。我现在坐在火车上，心惊肉跳，忐忑难安。哈姆莱特问的是：to be or not to be；我问的是：母亲是病了，还是走了？我没有法子求签占卜，可我又偏想知道个究竟，我于是自己想出了一套占卜的办法。我闭上眼睛，如果一睁眼我能看到一根电线杆，那母亲就是病了；如果看不到，就是走了。当时火车速度极慢，从北京到济南要走十四五个小时。就在这样长的时间内，我闭眼又睁眼反复了不知多少次。有时能看到电线杆，则心中一喜；有时又看不到，则心中一惧。到头来也没能得出一个肯定的结果。

我到了济南。到了家中，我才知道，母亲不是病了，而是走了。这消息对我真如五雷轰顶，我昏迷了半晌，躺在床上哭了一天，水米不曾沾牙。悔恨像大毒蛇直刺入我的心窝：在长达八年的时间内，难道你就不能在任何一个暑假内抽出几天时间回家看一看母亲吗？二妹在前几年也从家乡来到了济南，家中只剩下母亲一个人，孤苦伶仃，形单影只，而且又缺吃少喝，她日子是怎么过的呀！你的良心和理智哪里去了？你连想都不想一下吗？你还能算得上是一个人吗？

我痛悔自责，找不到一点能原谅自己的地方。我一度曾想到自杀，追随母亲于地下。但是，母亲还没有埋葬，不能立即实行。在极度痛苦中我胡乱诌了一幅挽联：

一别竟八载，多少次倚闾怅望，眼泪和血流，迢迢玉宇，高处寒否？

为母子一场，只留得面影迷离，入梦浑难辨，茫茫苍天，此恨曷极！

对仗谈不上，只不过想聊表我的心情而已。

叔父婶母看着苗头不对，怕真出现什么问题，派马家二舅陪我还乡奔丧。到了家里，母亲已经成殓，棺材就停放在屋子中间。只隔一层薄薄的棺材板，我竟不能再见母亲一面，我与她竟是人天悬隔矣。我此时如万箭钻心，痛苦难忍，想一头撞死在母亲棺材上，被别人死力拽住，昏迷了半天，才醒转过来。抬头看屋中的情况，真正是家徒四壁，除了几只破椅子和一只破箱子以外，什么都没有。在这样的环境中，母亲这八年的日子是怎样过的，不是一清二楚了吗？我又不禁悲从中来，痛哭了一场。

现在家中已经没了女主人，也就是说，没有了任何人。白天我到村内二大爷家里去吃饭，讨论母亲的安葬事宜。晚上则由二大爷亲自送我回家。那时村里不但没有电灯，连煤油灯也没有。家家都点豆油灯，用棉花条搓成灯捻，只不过是有点微弱的亮光而已。有人劝我，晚上就睡在二大爷家里，我执意不肯。让我再陪母亲住上几天吧。在茫茫百年中，我在母亲身边只住过六年多，现在仅仅剩下了几天，再不陪就真正抱恨终天了。于是二大爷就亲自提一个小灯笼送我回家。此时，万籁俱寂，宇宙笼罩在一片黑暗中，只有天上的星星在眨眼，仿佛闪出一丝光芒。全村没有一点亮光，没有一点声音。透过大坑里芦苇的疏隙闪出一点水光。走近破篱笆门时，门旁地上有一团黑东西，细看才知道是一条老狗，静静地卧在那里。狗们有没有思想，我说不准，但感情确是有的。这一条老狗几天来大概是陷入困惑中：天天喂我的女主人怎么忽然不见了？它白天到村里什么地方偷一点东西吃，立即回到家里来，静静地卧在篱笆门旁。见了我这个小伙子，它似乎感到我也是这家的主人，同女主人有点什么关系，因此见到了我并不咬我，有时候还摇摇尾巴，表示亲昵。那一天晚上我看到的就是这一条老狗。

我孤身一个人走进屋内，屋中停放着母亲的棺材。我躺在里面一间屋子里的大土炕上，炕上到处是跳蚤，它们勇猛地向我发动进攻。我本来就毫无睡意，跳蚤的干扰更加使我难以入睡了。我此时孤身一人陪伴着一具棺材。我是不是害怕呢？不，一点也不。虽然是可怕的棺材，但里面躺的人却是我的母亲。她永远爱她的儿子，是人，是鬼，都决不会改变的。

正在这时候，在黑暗中外面走进来一个人，听声音是对门的宁大叔。在母亲生前，他帮助母亲种地，干一些重活，我对他真是感激不尽。他一进屋就高声说："你娘叫你哩！"我大吃一惊：母亲怎么会叫我呢？原来宁大婶撞客了，撞着的正是我母亲。我赶快起身，走到宁家。在平时这种事情我是绝对不会相信的。此时我却是心慌意乱了。只听从宁大婶嘴里叫了一声："喜子呀！娘想你啊！"我虽然头脑清醒，然而却泪流满面。娘的声音，我八年没有听到了。这一次如果是从母亲嘴里说出来的，那有多好啊！然而却是从宁大婶嘴里，但是听上去确实像母亲当年的声音。我信呢，还是不信呢？你不信能行吗？我糊里糊涂地如醉似地疾走了回来。在篱笆门口，地上黑黢黢的一团，是那一条忠诚的老狗。

我人躺在炕上，无论如何也睡不着了，两只眼睛望着黑暗，仿佛能感到自己的眼睛在发亮。我想了很多很多，八年来从来没有想到的事，现在全想到了。父亲死了以后，济南的经济资助几乎完全断绝，母亲就靠那半亩地维持生活，她能吃得饱吗？她一定是天天夜里躺在我现在躺的这一个土炕上想她的儿子，然而儿子却音信全无。她不识字，我写信也无用。听说她曾对人说过："如果我知道他一去不回头的话，我无论如何也不会放他走的！"这一点我为什么过去一点也没有想到过呢？古人说："树欲静而风不止，子欲养而亲不待。"现在这两句话正应在我的身上，我亲自感受到了；然而晚了，晚了，逝去的时光不能再追回了！"长夜漫漫何时旦？"我却盼天赶快亮。然而，我立刻又想到，我只是一次度过这样痛苦的漫漫长夜，母亲却度过了将近三千次。这是多么可怕的一段时间啊！在长夜中，全村没有一点灯光，没有一点声音，黑暗仿佛凝结成为固体，只有一个人还瞪大了眼睛在玄想，想的是自己的儿子。伴随她的寂寥的只有一个动物，就是篱笆门外静卧的那一条老狗。想到这里，我无论如何也不敢再想下去了；如果再想下去的话，我不知道会出现什么样的情况。

母亲的丧事处理完，又是我离开故乡的时候了。临离开那一座破房子时，我一眼就看到那一条老狗仍然忠诚地趴在篱笆门口，见了我，它似乎预感到我要离开了，它站了起来，走到我跟前，在我腿上擦来擦去，对着我尾巴直摇。我一下子泪流满面。我知道这是我们的永别，我俯下身，抱住了它的头，亲了一口。我很想把它抱回济南，但那是绝对办不到的。我只好一步三回首地离开了那里，眼泪向肚子里流。

到现在这一幕已经过去了七十年。我总是不时想到这一条老狗。女主人没了，少主人也离开了，它每天到村内找点东西吃，究竟能够找多久呢？我相信，它决不会离开那个篱笆门口的，它会永远趴在那里的，尽管脑袋里也会充满了疑问。它究竟趴了多久，我不知道，也许最终是饿死的。我相信，就是饿死，它也会死在那个破篱笆门口。后面是大坑里透过苇丛闪出来的水光。

我从来不信什么轮回转生；但是，我现在宁愿信上一次。我已经九十岁了，来日苦短了。等到我离开这个世界以后，我会在天上或者地下什么地方与母亲相会，趴在她脚下的仍然是这一条老狗。

二姥姥

史铁生

由于幼儿园里的那两个老太太，我总想起另一个女人。不不，她们之间从无来往，她与孙老师和苏老师素不相识。但是在我的印象里，她总是与她们一起出现，仿佛相互的影子。

这女人，我管她叫“二姥姥”。不知怎么，我一直想写写她。

可是，真要写了，才发现，关于二姥姥我其实知道的很少。她不过在我的童年中一闪而过。我甚至不知道她的名字，母亲在世时我应该问过，但早已忘记。母亲去世后，那个名字就永远地熄灭了；那个名字之下的历史，那个名字之下的愿望，都已消散得无影无踪，如同从不存在。我问过父亲：“我叫二姥姥的那个人，叫什么名字？”父亲想了又想，眼睛盯在半空，总好像马上就要找到了，但终于还是没有。我又问过舅舅，舅舅忘得同样彻底。舅舅唯影影绰绰地人听说过，她死于“文革”期间。舅舅惊讶地看着我：“你还能记得她？”

这确实有些奇怪。我与她见面，总共也不会超过十次。我甚至记不得她跟我说过什么，记不得她的声音。她是无声的、黑白的，像一道影子。她穿一件素色旗袍，从幽暗中走出来，迈过一道斜阳，走近我，然后摸摸我的头，理一理我的头发，纤细的手指在我的发间穿插，轻轻地颤抖。仅此而已，其余都已经模糊。直到现在，直到我真要写她了，其实我还不清楚为什么要写她，以及写她的什么。

她不会记得我。我是说，如果她还活着，她肯定也早就把我的名字忘了。但她一定会记得我的母亲。她还可能会记得，我的母亲那时已经有了一个男孩。

母亲带我去看二姥姥，肯定都是我六岁以前的事，或者更早，因为上幼儿园之后我就再没见过她。她很漂亮吗？算不上很，但还是漂亮，举止娴静，从头到脚一尘不染。她住在北京的哪儿我也记不得了，印象里是个简陋的小院，简陋但是清静，什么地方有棵石榴树，飘落着鲜红的花瓣，她住在院子拐角处的一间小屋。唯近傍晚，阳光才艰难地转进那间小屋，投下一道浅淡的斜阳。她就从那斜阳后面的幽暗中出来，迎着我们。母亲于是说：“叫二姥姥，叫呀？”我叫：“二姥姥。”她便走到我跟前，摸摸我的头。我看不到她的脸，但我知道她脸上是微笑，微笑后面是惶恐。那惶恐并不是因为我们的到来，从她手上冰凉而沉缓的颤抖中我明白，那惶恐是在更为深隐的地方，或是由于更为悠远的领域。那种颤抖，精致到不能用理智去分辨，唯凭孩子浑沌的心可以洞察。

也许，就是这颤抖，让我记住了她。也许，关于她，我能够写的也只有这颤抖。这颤抖是一种诉说，如同一个寓言可以伸展进所有幽深的地方，出其不意地令人震撼。这颤抖是一种最为辽阔的声音，譬如夜的流动，毫不停歇。这颤抖，随时间之流拓开着一个孩子浑沌的心灵，连接起别人的故事，缠绕进丰富的历史，漫漶成种种可能的命运。恐怕就是这样。所以我记住她。未来，在很多令人颤抖的命运旁边，她的影相总是出现，仿佛由众多无声的灵魂所凝聚，由所有被湮灭的心愿所举荐。于是那纤细的手指历经苍桑总在我的发间穿插、颤动，问我这世间的故事都是什么，故事里面都有谁？

二姥姥比母亲大不了几岁。她叫母亲时，叫名字。母亲从不叫她，什么也不叫，说话就说话，避开称谓。母亲不停地跟她说这说那，她简单地应答。母亲走来走去搅乱着那道斜阳，二姥姥仿佛静止在幽暗里，素色的旗袍与幽暗浑成一体，惟苍白的脸表明她在。一动一静，我以此来分辨她们俩。母亲或向她讨教裁剪的技巧，把一块布料在身上比来比去，或在许多彩色的丝线中挑捡，在她的指点下绣花，绣枕头和手帕。有时候她们像在讲什么秘密，目光警惕着我，我走近时母亲的声音就小下去。

好像只有这些。对于二姥姥，我能够描述的就只有这些。她的内心，除了母亲，不大可能还有另外的人知道。但母亲，曾经并不对谁说。

很多年中，我从未想过二姥姥是谁，是我们家的怎样一门亲戚。有一天，毫无缘由地（也可能是我想到，有好几年母亲没带我去看二姥姥了），我忽然问母亲："二姥姥，她是你的什么人？"母亲似乎猝不及防，一时嗫嚅。我和母亲的目光在离母亲更近的地方碰了一下，我于是看出，我问中了一件非同寻常的事。母亲于是也明白，有些事，不能再躲藏了。

"啊，她是……嗯……"

我不说话，不打断她。

"是你姥爷的……姨太太。你知道，过去……这样的事是有的。"

我和母亲的目光又轻轻地碰了一下，这一回是在离我更近的地方。唔，这就是母亲不再带我去看她的原因吧。

"现在，她呢？"我问。

“不知道。”母亲轻轻地摇头，叹气。

“也许她不愿意我们再去看她，”母亲说，“不过这也好。”

母亲又说：“她应该嫁人了。”

我听不出“应该”二字是指必要，还是指可能。我听不出母亲这句话是宽慰还是忧虑。

“文革”中的一天，母亲从外面回来，对父亲说她在公共汽车上好像看见了二姥姥。“你肯定没看错？”母亲不回答。母亲洗菜，做饭，不时停下来呆想，说：“是她，没错儿是她。她肯定也看见我了，可她躲开了。”

父亲沉吟了一会儿，安慰母亲：“她是好意，怕连累咱们。”

母亲叹息道：“唉，到底谁连累谁呢……”

这之后不久，二姥姥就死了。

四位先生

老舍

吴组缃先生的猪

从青木关到歌乐山一带，在我所认识的文友中要算吴组缃先生最为阔绰。他养着一口小花猪。据说，这小动物的身价，值六百元。

每次我去访组缃先生，必附带的向小花猪致敬，因为我与组缃先生核计过了：假若他与我共同登广告卖身，大概也不会有人出六百元来买！

有一天，我又到吴宅去。给小江——组缃先生的少爷——买了几个比醋还酸的桃子。拿着点东西，好搭讪着骗顿饭吃，否则就大不好意思了。一进门，我看见吴太太的脸比晚日还红。我心里一想，便想到了小花猪。假若小花猪丢了，或是出了别的毛病，组缃先生的阔绰便马上不存在了！一打听，果然是为了小花猪：它已绝食一天了。我很着急，急中生智，主张给它点奎宁吃，恐怕是打摆子。大家都不赞同我的主张。我又建议把它抱到床上盖上被子睡一觉，出点汗也许就好了；焉知道不是感冒呢？这年月的猪比人还娇贵呀！大家还是不赞成。后来，把猪医生请来了。我颇兴奋，要看看猪怎么吃药。猪医生把一些草药包在竹筒的大厚皮儿里，使小花猪横衔着，两头向后束在脖子上：这样，药味与药汁便慢慢走入里边去。把药包儿束好，小花猪的口中好像生了两个翅膀，倒并不难看。

虽然吴宅有此骚动，我还是在那里吃了午饭——自然稍微的有点不得劲儿！

过了两天，我又去看小花猪——这回是专程探病，绝不为看别人；我知道现在猪的价值有多大——小花猪口中已无那个药包，而且也吃点东西了。大家都很高兴，我就又就棍打腿的骗了顿饭吃，并且提出声明：到冬天，得分给我几斤腊肉；组缃先生与太太没加任何考虑便答应了。吴太太说：“几斤？十斤也行！想想看，那天它要是一病不起……”大家听罢，都出了冷汗！

马宗融先生的时间观念

马宗融先生的表大概是——我想是一个装饰品。无论约他开会，还是吃饭，他总迟到一个多钟头，他的表并不慢。

来重庆，他多半是住在白象街的作家书屋。有的说也罢，没的说也罢，他总要谈到夜里两三点钟。假若不是别人都困得不出一声了，他还想不起上床去。有人陪着他谈，他能一直坐到第二天夜里两点钟。表、月亮、太阳，都不能引起他注意到时间。

比如说吧，下午三点他须到观音岩去开会，到两点半他还毫无动静。“宗融兄，不是三点，有会吗？该走了吧？”有人这样提醒他，他马上去戴上帽子，提起那有茶碗口粗的木棒，向外走。“七点吃饭。早回来呀！”大家告诉他。他回答声“一定回来”，便匆匆地走出去。

到三点的时候，你若出去，你会看见马宗融先生在门口与一位老太婆，或是两个小学生，谈话儿呢！即使不是这样，他在五点以前也不会走到观音岩。路上每遇到一位熟人，便要谈，至少有十分钟的话。若遇上打架吵嘴的，他得过去解劝，还许把别人劝开，而他与另一位劝架的打起来！遇上某处起火，他得帮着去救。有人追赶扒手，他必然得加入，非捉到不可。看见某种新东西，他得过去问问价钱，不管买与不买。看到戏报子，马上他去借电话，问还有票没有……这样，他从白象街到观音岩，可以走一天，幸而他记得开会那件事，所以只走两三个钟头，到了开会的地方，即使大家已经散了会，他也得坐两点钟，他跟谁都谈得来，都谈得有趣，很亲切，很细腻。有人刚买一条绳子，他马上拿过来练习跳绳——五十岁了啊！

七点，他想起来回白象街吃饭，归路上，又照样地劝架，救人，追贼，问物价，打电话……至早，他在八点半左右走到目的地。满头大汗，三步当作两步走的。他走了进来，饭早已开过了。

所以，我们与友人定约会的时候，若说随便什么时间，早晨也好，晚上也好，反正我一天不出门，你哪时来也可以，我们便说“马宗融的时间吧”！

姚蓬子先生的砚台

作家书屋是个神秘的地方，不信你交到那里一份文稿，而三五日后再亲自去索回，你就必定不说我扯谎了。

进到书屋，十之八九你找不到书屋的主人——姚蓬子先生。他不定在哪里藏着呢。他的被褥是稿子，他的枕头是稿子，他的桌上、椅上、窗台上……全是稿子。

简单地说吧，他被稿子埋起来了。当你要稿子的时候，你可以看见一个奇迹。假如说尊稿是十张纸写的吧，书屋主人会由枕头底下翻出两张，由裤袋里掏出三张，书架里找出两张，窗子上揭下一张，还欠两张。你别忙，他会由老鼠洞里拉出那两张，一点也不少。

单说蓬子先生的那块砚台，也足够惊人了！那是块无法形容的石砚。不圆不方，有许多角儿，有任何角度。有一点沿儿，豁口甚多，底子最奇，四周翘起，中间的一点凸出，如元宝之背，它会像陀螺似的在桌子上乱转，还会一头高一头低地倾斜，如浪中之船。我老以为孙悟空就是由这块石头跳出去的！

到磨墨的时候，它会由桌子这一端滚到那一端，而且响如快跑的马车。我每晚十时必就寝，而对门儿书屋的主人要办事办到天亮。从十时到天亮，他至少研十次墨，一次比一次响——到夜最静的时候，大概连南岸都感到一点震动。从我到白象街起，我没做过一个好梦，刚一入梦，砚台来了一阵雷雨，梦为之断。在夏天，砚一响，我就起来拿臭虫。冬天可就不好办，只好咳嗽几声，使之闻之。

现在，我已交给作家书屋一本书，等到出版，我必定破费几十元，送给书屋主一块平底的，不出声的砚台！

何容先生的戒烟

首先要声明：这里所说的是香烟，不是鸦片。

从武汉到重庆，我老同何容先生在一间屋子里，一直到前年八月间。在武汉的时候，我们都吸“大前门”或“使馆牌”；小大“英”似乎都不够味儿。到了重庆，小大“英”似乎变了质，越来越“够味了”，“前门”与“使馆”倒仿佛没了什么意思。慢慢的，“刀”牌与“哈德门”又变成我们的朋友，而与小大“英”，不管谁的主动吧，好像冷淡得日甚一日，不久，“刀”牌与“哈德门”又与我们发生了意见，差不多要绝交的样子。何容先生就决心戒烟！

在他戒烟之前，我已声明过：“先上吊，后戒烟！”本来吗，“弃妇抛雏”地流亡在外，吃不敢进大三元，喝么也不过是清一色（黄酒贵，只好吃点白干），女友不敢去交，男友一律是穷光蛋，住是二人一室，睡是臭虫满床，再不吸两支香烟，还活着干吗？看何容先生戒烟，我到底受了感动，既觉得自己无勇，又钦佩他的伟大；所以，他在屋里，我几乎不敢动手取烟，以免动摇他的坚决！

何容先生那天睡了十六个钟头，一支烟也没吸！醒来，已是黄昏，他便独自出去。我没敢陪他出去，怕不留神递给他一支烟，破了戒！掌灯之后，他回来了，满面红光，含着笑从口袋中掏出一包土产卷烟来。“你尝尝这个。”他客气地让我，“才一个铜板一支！有这个，似乎就不必戒烟了！没有必要！”把烟接过来，我没敢说什么，怕伤了他的尊严。面对面的，把烟燃上，我俩细细地欣赏。头一口就惊人，冒的是黄烟，我以为他误把爆竹买来了！听了一会儿，还好，并没有爆炸，就继续放胆地吸。吸了不到四五口，我看见蚊子都争着向外边飞，我很高兴。既吸烟，又驱蚊，太可贵了！再吸几口之后，墙上又发现了臭虫，大概也要搬家，我更高兴了！吸到半支，何容先生与我也都跑出去了，他低声地说：“看样子，还得戒烟！”

何容先生二次戒烟，有半天之久。当天的下午，他买来了烟斗与烟叶。“几毛钱的烟叶，够吃三四天的，何必一定戒烟呢！”他说。吸了几天的烟斗，他发现了：（一）不便携带；（二）不用力，抽不到；用力，烟油射到舌头上；（三）费洋火；（四）须天天收拾，麻烦！有此四弊，他就戒烟斗，而又吸上香烟了。“始作卷烟者。其无后呼！”他说。

最近二年，何容先生不知戒了多少次烟了，而指头上始终是黄的。

祖父死了的时候

萧红

祖父总是有点变样子，他喜欢流起眼泪来，同时过去很重要的事情他也忘掉。比方过去那一些他常讲的故事，现在讲起来，讲了一半下一半他就说：“我记不得了。”

某夜，他又病了一次，经过这一次病，他竟说：“给你三姑写信，叫她来一趟，我不是四五年没看过她了吗？”他叫我写信给我已经死去五年的姑母。

那次离家是很痛苦的。学校来了开学通知信，祖父又一天一天地变样起来。

祖父睡着的时候，我就躺在他的旁边哭，好像祖父已经离开我死去似的，一面哭着一面抬头看他凹陷的嘴唇。我若死掉祖父，就死掉我一生最重要的一个人，好像他死了就把人间一切“爱”和“温暖”带得空空虚虚。我的心被丝线扎住或被铁丝绞住了。

我联想到母亲死的时候。母亲死以后，父亲怎样打我，又娶一个新母亲来。这个母亲很客气，不打我，就是骂，也是指着桌子或椅子来骂我。客气是越客气了，但是冷淡了，疏远了，生人一样。

“到院子去玩玩吧！”祖父说了这话之后，在我的头上撞了一下，“喂！你看这是什么？”一个黄金色的橘子落到我的手中。

夜间不敢到茅厕去，我说：“妈妈同我到茅厕去趟吧。”

“我不去！”

“那我害怕呀！”

“怕什么？”

“怕什么？怕鬼怕神？”父亲也说话了，把眼睛从眼镜上面看着我。

冬天，祖父已经睡下，赤着脚，开着纽扣跟我到外面茅厕去。

学校开学，我迟到了四天。三月里，我又回家一次，正在外面叫门，里面小弟弟嚷着：“姐姐回来了！姐姐回来了！”大门开时，我就远远注意着祖父住着的那间房子。果然祖父的面孔和胡子闪现在玻璃窗里。我跳着笑着跑进屋去。但不是高兴，只是心酸，祖父的脸色更惨淡更白了。等屋子里一个人没有时，他流着泪，他慌慌忙忙地一边用袖口擦着眼泪，一边抖动着嘴唇说："爷爷不行了，不知早晚……前些日子好险没跌……跌死。"

"怎么跌的？"

"就是在后屋，我想去解手，招呼人，也听不见，按电铃也没有人来，就得爬啦。还没到后门口，腿颤，心跳，眼前发花了一阵就倒下去。没跌断了腰……人老了，有什么用处！爷爷是八十一岁呢。"

"爷爷是八十一岁。"

"没用了，活了八十一岁还是在地上爬呢！我想你看不着爷爷了，谁知没有跌死，我又慢慢爬到炕上。"

我走的那天也是和我回来那天一样，白色的脸的轮廓闪现在玻璃窗里。

在院心我回头看着祖父的面孔，走到大门口，在大门口我仍可看见，出了大门，就被门扇遮断。

从这一次祖父就与我永远隔绝了。虽然那次和祖父告别，并没说出一个永别的字。我回来看祖父，这回门前吹着喇叭，幡竿挑得比房头更高，马车离家很远的时候，我已看到高高的白色幡竿了，吹鼓手们的喇叭在苍凉地悲号。马车停在喇叭声中，大门前的白幡、白对联、院心的灵棚、闹嚷嚷许多人，吹鼓手们响起呜呜的哀号。

这回祖父不坐在玻璃窗里，是睡在堂屋的板床上，没有灵魂地躺在那里。我要看一看他白色的胡子，可是怎样看呢！拿开他脸上蒙着的纸吧，胡子、眼睛和嘴，都不会动了，他真的一点感觉也没有了？我从祖父的袖管里去摸他的手，手也没有感觉了。祖父这回真死去了啊！

祖父装进棺材里去的那天早晨，正是后园里玫瑰花开放满树的时候。我扯着祖父的一张被角，抬向灵前去。吹鼓手在灵前吹着大喇叭。

我怕起来，我号叫起来。

“咣咣！”黑色的、半尺厚的灵柩盖子压上去。

吃饭的时候，我饮了酒，用祖父的酒杯饮的。饭后我跑到后园玫瑰树下去卧倒，园中飞着蜂子和蝴蝶，绿草的清凉的气味，这都和十年前一样。可是十年前死了妈妈。妈妈死后我仍是在园中扑蝴蝶；这回祖父死去，我却饮了酒。

过去的十年我是和父亲打斗着生活。在这期间我觉得人是残酷的东西。父亲对我是没有好面孔的，对于仆人也是没有好面孔的，他对于祖父也是没有好面孔的。因为仆人是穷人，祖父是老人，我是个小孩子，所以我们这些完全没有保障的人就落到他的手里。后来我看到新娶来的母亲也落到他的手里，他喜欢她的时候，便同她说笑，他恼怒时便骂她，母亲渐渐也怕起父亲来。

母亲也不是穷人，也不是老人，也不是孩子，怎么也怕起父亲来呢？我到邻家去看看，邻家的女人也是怕男人。我到舅家去，舅母也是怕舅父。

我懂得的尽是些偏僻的人生，我想世间死了祖父，就没有再同情我的人了，世间死了祖父，剩下的尽是些凶残的人了。

我饮了酒，回想，幻想……

以后我必须不要家，到广大的人群中去，但我在玫瑰树下颤怵了，人群中没有我的祖父。

所以我哭着，整个祖父死的时候我哭着。

宗月大师

老舍

在我小的时候，我因家贫而身体很弱。我九岁才入学。因家贫体弱，母亲有时候想教我去上学，又怕我受人家的欺侮，更因交不上学费，所以一直到九岁我还不识一个字。说不定，我会一辈子也得不到读书的机会。因为母亲虽然知道读书的重要，可是每月间三四吊钱的学费，实在让她为难。母亲是最喜脸面的人。她迟疑不决，光阴又不等待着任何人，荒来荒去，我也许就长到十多岁了。一个十多岁的贫而不识字的孩子，很自然地去做个小买卖——弄个小筐，卖些花生、煮豌豆，或樱桃什么的。要不然就是去学徒。母亲很爱我，但是假若我能去做学徒，或提篮沿街卖樱桃而每天赚几百钱，她或者就不会坚决地反对。穷困比爱心更有力量。

有一天刘大叔偶然地来了。我说“偶然的”，因为他不常来看我们。他是个极富的人，尽管他心中并无贫富之别，可是他的财富使他终日不得闲，几乎没有工夫来看穷朋友。一进门，他看见了我。“孩子几岁了？上学没有？”他问我的母亲。他的声音是那么洪亮（在酒后，他常以学喊俞振庭的《金钱豹》自傲），他的衣服是那么华丽，他的眼是那么亮，他的脸和手是那么白嫩肥胖，使我感到我大概是犯了什么罪。我们的小屋、破桌凳、土炕，几乎禁不住他的声音的震动。等我母亲回答完，刘大叔马上决定：“明天早上我来，带他上学，学钱、书籍，大姐你都不必管！”我的心跳起多高，谁知道上学是怎么一回事呢！

第二天，我像一条不体面的小狗似的，随着这位阔人去入学。学校是一家改良私塾，在离我的家有半里多地的一座道士庙里。庙不甚大，而充满了各种气味：一进山门先有一股大烟味，紧跟着便是糖精味（有一家熬制糖球糖块的作坊），再往里，是厕所味，与别的臭味。学校是在大殿里，大殿两旁的小屋住着道士，和道士的家眷。大殿里很黑、很冷。神像都用黄布挡着，供桌上摆着孔圣人的牌位。学生都面朝西坐着，一共有三十来人。西墙上有一块黑板——这是“改良”私塾。老师姓李，一位极死板而极有爱心的中年人。刘大叔和李老师“嚷”了一顿，而后教我拜圣人及老师。老师给了我一本《地球韵言》和一本《三字经》。我于是就变成了学生。

自从做了学生以后，我时常的到刘大叔的家中去。他的宅子有两个大院子，院中几十间房屋都是出廊的。院后，还有一座相当大的花园。宅子的左右前后全是他的房屋，若是把那些房子齐齐的排起来，可以占半条大街。此外，他还有几处铺店。每逢我去，他必招呼我吃饭，或给我一些我没有看见过的点心。他绝不以我为一个苦孩子而冷淡我，他是阔大爷，但是他不以富傲人。

在我由私塾转入公立学校去的时候，刘大叔又来帮忙。这时候，他的财产已大半出了手。他是阔大爷，他只懂得花钱，而不知道计算。人们吃他，他甘心教他们吃；人们骗他，他付之一笑。他的财产有一部分是卖掉的，也有一部分是人骗了去的，他不管；他的笑声照旧是洪亮的。

到我在中学毕业的时候，他已一贫如洗，什么财产也没有了，只剩了那个后花园。不过，在这个时候，假若他肯用用心思，去调整他的产业，他还能有办法教自己丰衣足食，因为他的好多财产是被人家骗了去的。可是，他不肯去请律师，贫与富在他心中是完全一样的，假若在这时候，他要是不再随便花钱，他至少可以保住那座花园，和城外的地产。可是，他好善。尽管他自己的儿女受着饥寒，尽管他自己受尽折磨，他还是去办贫儿学校，粥厂，等等慈善事业。他忘了自己。就是在这个时候，我和他过往的最密。他办贫儿学校我去做义务教师。他施舍粮米，我去帮忙调查及散放。在我的心里，我很明白：放粮放钱不过只是延长贫民的受苦难的日期，而不足以阻拦住死亡。但是，看刘大叔那么热心，那么真诚，我就顾不得和他辩论，而只好也出点力了。即使我和他辩论，我也不会得胜，人情是往往能战败理智的。

在我出国以前，刘大叔的儿子死了。而后，他的花园也出了手。他入庙为僧，夫人与小姐入庵为尼，由他的性格来说，他似乎势必走入避世学禅的一途。但是由他的生活习惯上来说，大家总以为他不过能念念经，布施布施僧道而已，而绝对不会受戒出家。他居然出了家。在以前，他吃的是山珍海味，穿的是绫罗绸缎，他也嫖也赌。现在，他每日一餐，入秋还穿着件夏布道袍。这样苦修，他的脸上还是红红的，笑声还是洪亮的。对佛学，他有多么深的认识，我不敢说。我却真知道他是个好和尚，他知道一点便去做一点，能做一点便做一点。他的学问也许不高，但是他所知道的都能见诸实行。

出家以后，他不久就做了一座大寺的方丈。可是没有好久就被驱除出来。他是要做真和尚，所以他不惜变卖庙产去救济苦人。庙里不要这种方丈。一般的说，方丈的责任是要扩充庙产，而不是救苦救难的。离开大寺，他到一座没有任何产业的庙里做方丈。他自己既没有钱，他还须天天为僧众们找到斋吃，同时，他还举办粥厂等等慈善事业。他穷，他忙，他每日只进一顿简单的素餐，可是他的笑声还是那么洪亮。他的庙里不应佛事，赶到有人来请，他便领着僧众给人家去唪真经，不要报酬。他整天不在庙里，但是他并没忘了修持；他持戒越来越严，对经义也深有所获。他白天在各处筹钱办事，晚间在小室里做工夫。谁见到这位破和尚也不曾想到他曾是个在金子里长起来的阔大爷。

去年，有一天他正给一位圆寂了的和尚念经，他忽然闭上了眼，就坐化了。火葬后，人们在他的身上发现许多舍利。

没有他，我也许一辈子也不会入学读书。没有他，我也许永远想不起帮助别人有什么乐趣与意义。他是不是真的成了佛？我不知道。但是，我的确相信他的居心与言行是与佛相近似的。我在精神上物质上都受过他的好处，现在我的确愿意他真的成了佛，并且盼望他以佛心引领我向善，正像在三十五年前，他拉着我去入私塾那样！

他是宗月大师。

我的母亲

老舍

母亲的娘家是北平德胜门外，土城儿外边，通大钟寺的大路上的一个小村里。村里一共有四五家人家，都姓马。大家都种点不十分肥美的地，但是与我同辈的兄弟们，也有当兵的，做木匠的，做泥水匠的，和当巡警的。他们虽然是农家，却养不起牛马，人手不够的时候，妇女便也须下地做活。

对于姥姥家，我只知道上述的一点。外公外婆是什么样子，我就不知道了，因为他们早已去世。至于更远的族系与家史，就更不晓得了；穷人只能顾眼前的衣食，没有功夫谈论什么过去的光荣；“家谱”这字眼，我在幼年就根本没有听说过。

母亲生在农家，所以勤俭诚实，身体也好。这一点事实却极重要，因为假若我没有这样的一位母亲，我以为我恐怕也就要大大的打个折扣了。

母亲出嫁大概是很早，因为我的大姐现在已是六十多岁的老太婆，而我的大外甥女还长我一岁啊。我有三个哥哥，四个姐姐，但能长大成人的，只有大姐，二姐，三哥与我。我是“老”儿子。生我的时候，母亲已有四十一岁，大姐二姐已都出了阁。

由大姐与二姐所嫁人的家庭来推断，在我生下之前，我的家里，大概还马马虎虎的过得去。那时候订婚讲究门当户对，而大姐丈是做小官的，二姐丈也开过一间酒馆，他们都是相当体面的人。

可是，我，我给家庭带来了不幸：我生下来，母亲晕过去半夜，才睁眼看见她的老儿子——感谢大姐，把我揣在怀里，致未冻死。

一岁半，我的父亲“克”死了。

兄不到十岁，三姐十二三岁，我才一岁半，全仗母亲独立抚养了。父亲的寡姐跟我们一块儿住，她吸鸦片，她喜摸纸牌，她的脾气极坏。为我们的衣食，母亲要给人家洗衣服，缝补或裁缝衣裳。在我的记忆中，她的手终年是鲜红微肿的。白天，她洗衣服，洗一两大绿瓦盆。她做事永远丝毫也不敷衍，就是屠户们送来的黑如铁的布袜，她也给洗得雪白。晚间，她与三姐抱着一盏油灯，还要缝补衣服，一直到半夜。她终年没有休息，可是在忙碌中她还把院子屋中收实得清清爽爽。桌椅都是旧的，柜门铜活久已残缺不全，可是她的手老使破桌面上没有尘土，残破的铜活发着光。院中，父亲遗留下的几盆石榴与夹竹桃，永远会得到应有的浇灌与爱护，年年夏天开许多花。

哥哥似乎没有同我玩耍过。有时候，他去读书；有时候，他去学徒；有时候，他也去卖花生或樱桃之类的小东西。母亲含着泪把他送走，不到两天，又含着泪接他回来。我不明白这都是什么事，而只觉得与他很生疏。与母亲相依如命的是我与三姐。因此，他们作事，我老在后面跟着。他们浇花，我也张罗着取水；他们扫地，我就撮土……从这里，我学得了爱花，爱清洁，守秩序。这些习惯至今还被我保存着。

有客人来，无论手中怎么窘，母亲也要设法弄一点东西去款待。舅父与表哥们往往是自己掏钱买酒肉食，这使她脸上羞得飞红，可是殷勤的给他们温酒作面，又给她一些喜悦。遇上亲友家中有喜丧事，母亲必把大褂洗得干干净净，亲自去贺吊——份礼也许只是两吊小钱。到如今为我的好客的习性，还未全改，尽管生活是这么清苦，因为自幼儿看惯了的事情是不易于改掉的。

姑母常闹脾气。她单在鸡蛋里找骨头。她是我家中的阎王。直到我入了中学，她才死去，我可是没有看见母亲反抗过。“没受过婆婆的气，还不受大姑子的吗？命当如此！”

母亲在非解释一下不足以平服别人的时候，才这样说。是的，命当如此。母亲活到老，穷到老，辛苦到老，全是命当如此。她最会吃亏。给亲友邻居帮忙，她总跑在前面：她会给婴儿洗三——穷朋友们可以因此少花一笔“请姥姥”钱——她会刮痧，她会给孩子们剃头，她会给少妇们绞脸……凡是她能作的，都有求必应。但是吵嘴打架，永远没有她。她宁吃亏，不逗气。当姑母死去的时候，母亲似乎把一世的委屈都哭了出来，一直哭到坟地。不知道哪里来的一位侄子，声称有继承权，母亲便一声不响，教他搬走那些破桌子烂板凳，而且把姑母养的一只肥母鸡也送给他。

可是，母亲并不软弱。母亲死在庚子闹“拳”的那一年。联军入城，挨家搜索财物鸡鸭，我们被搜过两次。母亲拉着哥哥与三姐坐在墙根，等着“鬼子”进门，街门是开着的。“鬼子”进门，一刺刀先把老黄狗刺死，而后入室搜索。他们走后，母亲把破衣箱搬起，才发现了我。假若箱子不空，我早就被压死了。皇上跑了，丈夫死了，鬼子来了，满城是血光火焰，可是母亲不怕，她要在刺刀下，饥荒中，保护着儿女。北平有多少变乱啊，有时候兵变了，街市整条的烧起，火团落在我们的院中。有时候内战了，城门紧闭，铺店关门，昼夜响着枪炮。这惊恐，这紧张，再加上一家饮食的筹划，儿女安全的顾虑，岂是一个软弱的老寡妇所能受得起的？可是，在这种时候，母亲的心横起来，她不慌不哭，要从无办法中想出办法来。她的泪会往心中落！这点软而硬的个性，也传给了我。我对一切人与事，都取和平的态度，把吃亏看作当然的。但是，在作人上，我有一定的宗旨与基本的法则，什么事都可以将就，而不能超过自己划好的界限。我怕见生人，怕办杂事，怕出头露面；但是到了非我去不可的时候，我便不敢不去，正像我的母亲。从私塾到小学，到中学，我经历过起码有二十位教师吧，其中有给我很大影响的，也有毫无影响的，但是我的真正的教师，把性格传给我的，是我的母亲。母亲并不识字，她给我的是生命的教育。

当我在小学毕了业的时候，亲友一致的愿意我去学手艺，好帮助母亲。我晓得我应当去找饭吃，以减轻母亲的勤劳困苦。可是，我也愿意升学。我偷偷的考入了师范学校——制服、饭食、书籍、宿处都由学校供给。只有这样，我才敢对母亲说升学的话。入学，要交十圆的保证金。这是一笔巨款！母亲作了半个月的难，把这巨款筹到，而后含泪把我送出门去。她不辞劳苦，只要儿子有出息。当我由师范毕业，而被派为小学校校长，母亲与我都一夜不曾合眼。我只说了句："以后，您可以歇一歇了！"她的回答只有一串串的眼泪。我入学之后，三姐结了婚。母亲对儿女是都一样疼爱的，但是假若她也有点偏爱的话，她应当偏爱三姐，因为自父亲死后，家中一切的事情都是母亲和三姐共同撑持的。三姐是母亲的右手。但是母亲知道这右手必须割去，她不能为自己的便利而耽误了女儿的青春。当花轿来到我们的破门外的时候，母亲的手就和冰一样的凉，脸上没有血色——那是阴历四月，天气很暖。大家都怕她晕过去。可是，她挣扎着，咬着嘴唇，手扶着门框，看花轿徐徐的走去。不久，姑母死了。三姐已出嫁，哥哥不在家，我又住学校，家中只剩母亲自己。她还须自晓至晚的操作，可是终日没人和她说一句话。新年到了，正赶上政府倡用阳历，不许过旧年。除夕，我请了两小时的假。由拥挤不堪的街市回到清炉冷灶的家中。母亲笑了。及至听说我还须回校，她愣住了。半天，她才叹出一口气来。到我该走的时候，她递给我一些花生，“去吧，小子！”街上是那么热闹，我却什么也没看见，泪遮迷了我的眼。今天，泪又遮住了我的眼，又想起当日孤独的过那凄惨的除夕的慈母。可是慈母不会再候盼着我了，她已入了土！

儿女的生命是不依顺着父母所设下的轨道一直前进的，所以老人总免不了伤心。我二十三岁，母亲要我结了婚，我不要。我请来三姐给我说情，老母含泪点了头。我爱母亲，但是我给了她最大的打击。时代使我成为逆子。二十七岁，我上了英国。为了自己，我给六十多岁的老母以第二次打击。

在她七十大寿的那一天，我还远在异域。那天，据姐姐们后来告诉我，老太太只喝了两口酒，很早的便睡下。她想念她的幼子，而不便说出来。

七七抗战后，我由济南逃出来。北平又像庚子那年似的被鬼子占据了。可是母亲日夜惦念的幼子却跑西南来。母亲怎样想念我，我可以想象得到，可是我不能回去。每逢接到家信，我总不敢马上拆看，我怕，怕，怕，怕有那不详的消息。人，即使活到八九十岁，有母亲便可以多少还有点孩子气。失了慈母便像花插在瓶子里，虽然还有色有香，却失去了根。有母亲的人，心里是安定的。我怕，怕，怕家信中带来不好的消息，告诉我已是失了根的花草。

去年一年，我在家信中找不到关于母亲的起居情况。我疑虑，害怕。我想象得到，若不是不幸，家中念我流亡孤苦，或不忍相告。母亲的生日是在九月，我在八月半写去祝寿的信，算计着会在寿日之前到达。信中嘱咐千万把寿日的详情写来，使我不再疑虑。十二月二十六日，由文化劳军的大会上回来，我接到家信。我不敢拆读。就寝前，我拆开信，母亲已去世一年了！

生命是母亲给我的。我之能长大成人，是母亲的血汗灌养的。我之能成为一个不十分坏的人，是母亲感化的。我的性格，习惯，是母亲传给的。她一世未曾享过一天福，临死还吃的是粗粮。唉！还说什么呢？心痛！心痛！

父亲的病

鲁迅

大约十多年前吧，S 城中曾经盛传过一个名医的故事：他出诊原来是一元四角，特拔十元，深夜加倍，出城又加倍。有一夜，一家城外人家的闺女生急病，来请他了，因为他其时已经阔得不耐烦，便非一百元不去。他们只得都依他。待去时，却只是草草地一看，说道“不要紧的”，开一张方，拿了一百元就走。那病家似乎很有钱，第二天又来请了。他一到门，只见主人笑面承迎，道，“昨晚服了先生的药，好得多了，所以再请你来复诊一回。”仍旧引到房里，老妈子便将病人的手拉出帐外来。他一按，冷冰冰的，也没有脉，于是点点头道，“唔，这病我明白了。”从从容容走到桌前，取了药方纸，提笔写道：——

“凭票付英洋壹百元正。”下面是署名，画押。

“先生，这病看来很不轻了，用药怕还得重一点罢。”主人在背后说。

“可以，”他说。于是另开了一张方：——

“凭票付英洋贰百元正。”下面仍是署名，画押。

这样，主人就收了药方，很客气地送他出来了。

我曾经和这名医周旋过两整年，因为他隔日一回，来诊我的父亲的病。那时虽然已经很有名，但还不至于阔得这样不耐烦；可是诊金却已经是一元四角。现在的都市上，诊金一次十元并不算奇，可是那时是一元四角已是巨款，很不容易张罗的了；又何况是隔日一次。他大概的确有些特别，据舆论说，用药就与众不同。我不知道药品，所觉得的，就是“药引”的难得，新方一换，就得忙一大场。先买药，再寻药引。“生姜”两片，竹叶十片去尖，他是不用的了。起码是芦根，须到河边去掘；一到经霜三年的甘蔗，便至少也得搜寻两三天。可是说也奇怪，大约后来总没有购求不到的。

据舆论说，神妙就在这地方。先前有一个病人，百药无效；待到遇见了什么叶天士先生，只在旧方上加了一味药引：梧桐叶。只一服，便霍然而愈了。“医者，意也。”其时是秋天，而梧桐先知秋气。其先百药不投，今以秋气动之，以气感气，所以……我虽然并不了然，但也十分佩服，知道凡有灵药，一定是很不容易得到的，求仙的人，甚至于还要拼了性命，跑进深山里去采呢。

这样有两年，渐渐地熟识，几乎是朋友了。父亲的水肿是逐日利害，将要不能起床；我对于经霜三年的甘蔗之流也逐渐失了信仰，采办药引似乎再没有先前一般踊跃了。正在这时候，他有一天来诊，问过病状，便极其诚恳地说：

“我所有的学问，都用尽了。这里还有一位陈莲河先生，本领比我高。我荐他来看一看，我可以写一封信。可是，病是不要紧的，不过经他的手，可以格外好得快……”

这一天似乎大家都有些不欢，仍然由我恭敬地送他上轿。进来时，看见父亲的脸色很异样，和大家谈论，大意是说自己的病大概没有希望的了；他因为看了两年，毫无效验，脸又太熟了，未免有些难以为情，所以等到危急时候，便荐一个生手自代，和自己完全脱了干系。但另外有什么法子呢？本城的名医，除他之外，实在也只有一个陈莲河了。明天就请陈莲河。

陈莲河的诊金也是一元四角。但前回的名医的脸是圆而胖的，他却长而胖了：这一点颇不同。还有用药也不同。前回的名医是一个人还可以办的，这一回却是一个人有些办不妥帖了，因为他一张药方上，总兼有一种特别的丸散和一种奇特的药引。

芦根和经霜三年的甘蔗，他就从来没有用过。最平常的是“蟋蟀一对”，旁注小字道：“要原配，即本在一窠中者。”似乎昆虫也要贞节，续弦或再醮，连做药资格也丧失了。但这差使在我并不为难，走进百草园，十对也容易得，将它们用线一缚，活活地掷入沸汤中完事。然而还有“平地木十株”呢，这可谁也不知道是什么东西了，问药店，问乡下人，问卖草药的，问老年人，问读书人，问木匠，都只是摇摇头，临末才记起了那远房的叔祖，爱种一点花木的老人，跑去一问，他果然知道，是生在山中树下的一种小树，能结红子如小珊瑚珠的，普通都称为“老弗大”。

“踏破铁鞋无觅处，得来全不费功夫。”药引寻到了，然而还有一种特别的丸药：败鼓皮丸。这“败鼓皮丸”就是用打破的旧鼓皮做成；水肿一名鼓胀，一用打破的鼓皮自然就可以克伏他。清朝的刚毅因为憎恨“洋鬼子”，预备打他们，练了些兵称作“虎神营”，取虎能食羊，神能伏鬼的意思，也就是这道理。可惜这一种神药，全城中只有一家出售的，离我家就有五里，但这却不像平地木那样，必须暗中摸索了，陈莲河先生开方之后，就恳切详细地给我们说明。

“我有一种丹，”有一回陈莲河先生说，“点在舌上，我想一定可以见效。因为舌乃心之灵苗……价钱也并不贵，只要两块钱一盒……”

我父亲沉思了一会，摇摇头。

“我这样用药还会不大见效，”有一回陈莲河先生又说，”我想，可以请人看一看，可有什么冤愆……医能医病，不能医命，对不对？自然，这也许是前世的事……”

我的父亲沉思了一会，摇摇头。

凡国手，都能够起死回生的，我们走过医生的门前，常可以看见这样的扁额。现在是让步一点了，连医生自己也说道：“西医长于外科，中医长于内科。”但是S城那时不但没有西医，并且谁也还没有想到天下有所谓西医，因此无论什么，都只能由轩辕岐伯的嫡派门徒包办。轩辕时候是巫医不分的，所以直到现在，他的门徒就还见鬼，而且觉得“舌乃心之灵苗”。这就是中国人的“命”，连名医也无从医治的。

不肯用灵丹点在舌头上，又想不出“冤愆”来，自然，单吃了一百多天的“败鼓皮丸”有什么用呢？依然打不破水肿，父亲终于躺在床上喘气了。还请一回陈莲河先生，这回是特拔，大洋十元。他仍旧泰然的开了一张方，但已停止败鼓皮丸不用，药引也不很神妙了，所以只消半天，药就煎好，灌下去，却从口角上回了出来。

从此我便不再和陈莲河先生周旋，只在街上有时看见他坐在三名轿夫的快轿里飞一般抬过；听说他现在还康健，一面行医，一面还做中医什么学报，正在和只长于外科的西医奋斗哩。

中西的思想确乎有一点不同。听说中国的孝子们，一到将要“罪孽深重祸延父母”的时候，就买几斤人参，煎汤灌下去，希望父母多喘几天气，即使半天也好。我的一位教医学的先生却教给我医生的职务道：可医的应该给他医治，不可医的应该给他死得没有痛苦。——但这先生自然是西医。

父亲的喘气颇长久，连我也听得很吃力，然而谁也不能帮助他。我有时竟至于电光一闪似的想道：“还是快一点喘完了罢……”立刻觉得这思想就不该，就是犯了罪；但同时又觉得这思想实在是正当的，我很爱我的父亲。便是现在，也还是这样想。

早晨，住在一门里的衍太太进来了。她是一个精通礼节的妇人，说我们不应该空等着。于是给他换衣服；又将纸锭和一种什么《高王经》烧成灰，用纸包了给他捏在拳头里……

“叫呀，你父亲要断气了。快叫呀！”衍太太说。

“父亲！父亲！”我就叫起来。

“大声！他听不见。还不快叫？！”

“父亲！父亲！！”

他已经平静下去的脸，忽然紧张了，将眼微微一睁，仿佛有一些苦痛。

“叫呀！快叫呀！”她催促说。

“父亲！！”

“什么呢？……不要嚷……不……”他低低地说，又较急地喘着气，好一会，这才复了原状，平静下去了。“父亲！！”我还叫他，一直到他咽了气。

我现在还听到那时的自己的这声音，每听到时，就觉得这却是我对于父亲的最大的错处。

鲁迅先生记

萧红

鲁迅先生家里的花瓶，好像画上所见的西洋女子用以取水的瓶子，灰蓝色，有点从瓷釉而自然堆起的纹痕，瓶口的两边，还有两个瓶耳，瓶里种的是几棵万年青。

我第一次看到这花的时候，我就问过：

“这叫什么名字？屋里不生火炉，也不冻死？”

第一次，走进鲁迅家里去，那是近黄昏的时节，而且是个冬天，所以那楼下室稍微有一点暗，同时鲁迅先生的纸烟，当它离开嘴边而停在桌角的地方，那烟纹的卷痕一直升腾到他有一些白丝的发梢那么高。而且再升腾就看不见了。

“这花，叫‘万年青’，永久这样！”他在花瓶旁边的烟灰盒中，抖掉了纸烟上的灰烬，那红的烟火，就越红了，好像一朵小红花似的和他的袖口相距离着。

“这花不怕冻？”以后，我又问过，记不得是在什么时候了。许先生说：“不怕的，最耐久！”而且她还拿着瓶口给我抓着。我还看到了那花瓶的底边是一些圆石子，以后，因为熟识了的缘故，我就自己动手看过一两次，又加上这花瓶是常常摆在客厅的黑色长桌上；又加上自己是来自寒带的北方，对于这在四季里都不凋零的植物，总带着一点惊奇。

而现在这“万年青”依旧活着，每次到许先生家去，看到那花，有时仍站在那黑色的长桌子上，有时站在鲁迅先生照像的前面。花瓶是换了，用一个玻璃瓶装着，看得到淡黄色的须根，站在瓶底。有时候许先生一面和我们谈论着，一面检查着房中所有的花草。看一看叶子是不是黄了？该剪掉的剪掉；该洒水的洒水，因为不停地动作是她的习惯。有时候就检查着这“万年青”，有时候就谈鲁迅先生，就在他的照像前面谈着，但那感觉，却像谈着古人那么悠远了。

至于那花瓶呢？站在墓地的青草上面去了，而且瓶底已经丢失，虽然丢失了也就让它空空地站在墓边。我所看到的是从春天一直站到秋天；它一直站到邻旁墓头的石榴树开了花而后结成了石榴。

从开炮以后，只有许先生绕道去过一次，别人就没有去过。当然那墓草是长得很高了，而且荒了，还说什么花瓶，恐怕鲁迅先生的瓷半身像也要被荒了的草埋没到他的胸口。

我们在这边，只能写纪念鲁迅先生的文章，而谁去努力剪齐墓上的荒草？我们是越去越远了，但无论多么远，那荒草是总要记在心上的。

家德

徐志摩

家德住我们家已有十多年了。他初来的时候嘴上光光的还算是个壮夫，头上不见一茎白毛，挑着重担到车站去不觉得乏。

逢着什么吃重的工作他总是说“我来！”他实在是来得的。现在可不同了。谁问他“家德，你怎么了，头发都白了？”他就回答“人总要老的，我今年五十八，头发不白几时白？”他不但发白，他上唇疏朗朗的两披八字胡也见花了。

他算是我们家的“做生活”，但他，据我娘说，除了吃饭住，却不拿工钱。不是我们家不给他，是他自己不要。打头儿就不要。“我就要吃饭住，”他说，我记得有一两回我因为他替我挑行李上车站给他钱，他就瞪大了眼说，“给我钱做什么？”

我以为他嫌少，拿几毛换一块圆钱再给他，可是他还是“给我钱做什么？”更高声的抗议。你再说也是白费，因为他有他的理性。吃谁家的饭就该为谁家做事，给我钱做什么？

但他并不是主义的不收钱。镇上别人家有丧事喜事来叫他去帮忙的做完了有赏封什么给他，他受。“我今天又‘摸了’钱了，”他一回家就欣欣的报告他的伙伴。他另的一种能耐，几乎是专门的，那叫做“赞神歌”。谁家许了愿请神，就非得他去使开了他那不是不圆润的粗嗓子唱一种有节奏、有顿挫的诗句赞美各种神道。奎星、纯阳祖师、关帝、梨山老母，都得他来赞美。小孩儿时候我们最爱看请神，一来热闹，厅上摆得花绿绿点得亮亮的，二来可以借口到深夜不回房去睡，三来可以听家德的神歌。乐器停了他唱，唱完乐又作。他唱什么听不清，分得清的只“浪溜圆”三个字，因为他几乎每开口必有浪溜圆。

他那唱的音调就像是在厅的顶梁上绕着，又像是暖天细雨似的在你身上匀匀的洒，反正听着心里就觉得舒服，心一舒服小眼就闭上，这样极容易在妈或是阿妈的身上靠着甜甜的睡了。到明天在床里醒过来时耳边还绕着家德那圆圆的甜甜的浪溜圆。

家德唱了神歌想来一定到手钱，这他也不辞，但他更看重的是他应分到手的一块祭肉。肉太肥或太瘦都不能使他满意："肉总得像一块肉，"他说。

"家德，唱一点神歌听听，"我们在家时常常央着他唱，但他总是板着脸回说"神歌是唱给神听的，"虽则他有时心里一高兴或是低着头做什么手工他口里往往低声在那里浪溜他的圆。

听说他近几年来不唱了。他推说忘了，但他实在以为自己嗓子干了，唱起来不能原先那样圆转如意所以决意不再去神前献丑了。

他在我家实在也做不少的事。每天天一亮他就从他的破烂被窝里爬起身。一重重的门是归他开的，晚上也是他关的时候多。有时老妈子不凑手他是帮着煮粥烧饭。挑行李是他的事，送礼是他的事，劈柴是他的事。最近因为父亲常自己烧檀香，他就少劈柴，多劈檀香。我时常见跨坐在一条长凳上戴着一副白铜边老花眼镜伛着背细细的劈。"你的镜子多少钱买的，家德？""两只角子，"他头也不抬的说。

我们家后面那个"花园"也是他管的。蔬菜，各样的，是他种的。每天浇，摘去焦枯叶子，厨房要用时采，都是他的事。

花也是他种的，有月季，有山茶，有玫瑰，有红梅与腊梅，有美人蕉，有桃，有李，有不开花的兰，有葵花，有蟹爪菊，有可以染指甲的凤仙，有比鸡冠大到好几倍的鸡冠。关于每一种花他都有不少话讲：花的脾，花的胃，花的颜色，花的这样那样。梅花有单瓣双瓣，兰有荤心素心，山茶有家有野，这些简单，但在小孩儿时听来有趣的知识，都是他教给我们的。他是博学得可佩服。他不仅能看书能写，还能讲书，讲得比学堂里先生上课时讲的有趣味得多。我们最喜欢他讲《岳传》里的岳老爷。岳老爷出世，岳老爷归天，东窗事发，莫须有三字构成冤狱，岳雷上坟，朱仙镇八大锤——唷，那热闹就不用提了。

他讲得我们笑，他讲得我们哭，他讲得我们着急，但他再不能讲得使我们瞌睡，那是学堂里所有的先生们比他强的地方。也不知是谁给他传的，我们都相信家德曾经在乡村里教过书。也许是实有的事，像他那样的学问在乡里还不是数一数二的。可是他自己不认。我新近又问他，他还是不认。我问他当初念些什么书。他回一句话使我吃惊。他说我念的书是你们念不到的。那更得请教，长长见识也好。他不说念书，他说读书。

他当初读的是百家姓，千字文，神童诗，——还有呢？还有酒书。什么？"酒书，"他说。什么叫酒书？酒书你不知道，他仰头笑着说，酒书是教人吃酒的书。真的有这样一部书吗？他不骗人，但教师他可从不曾做过。他现在口授人念经。他会念不少的经，从《心经》到《金刚经》，全部背得溜熟的。

他学念佛念经是新近的事。早三年他病了，发寒热。他一天对人说怕好不了，身子像是在大海里浮着，脑袋也发散得没有个边，他说。他死一点也不愁，不说怕。家里就有一个老娘，他不放心，此外妻子他都不在意。一个人总要死的，他说。他果然昏晕了一阵子，他床前站着三四个他的伙伴。他苏醒时自己说，“就可惜这一生一世没有念过佛，吃过斋，想来只可等待来世的了。”说完这话他又闭上了眼仿佛是隐隐念着佛。事后他自以为这一句话救了他的命，因为他竟然又好起了。从此起他就吃上了净素。开始念经，现在他早晚都得做他的功课。

我不说他到我们家有十几年了吗，原先他在一个小学校里做当差。我做学生的时候他已经在。他的一个同事我也记得，叫矮子小二，矮得出奇，而且天生是一个小二的嘴脸。家德是校长先生用他进去的。他初起工钱每月八百文，后来每年按加二百文，一直加到二千文的正薪，那不算少。矮子小二想来没有读过什么酒书，但他可爱喝一杯两杯的，不比家德读了酒书倒反而不喝。小二喝醉了回校不发脾气就倒上床，他的一份事就得家德兼做。后来矮子小二因为偷了学校的用品到外边去换钱使发觉了被斥退。家德不久也离开学校，但他是为另一种理由。他是自动辞职，因为用他进去的校长不做校长了，所以他也不愿再做下去。有一天他托一个乡绅到我们家来说要到我们家住，也不说别的话。从那时起家德就长住我们家了。

他自己乡里有家。有一个娘，有一个妻，有三个儿子，好的两个死了，剩下一个是不好的。他对妻的感情，按我妈对我说，是极坏。但早先他过一时还得回家去，不是为妻，是为娘。也为娘他不能不对他妻多少耐着性子。但是谢谢天，现在他不用再耐，因为他娘已经死了。他再也不回家去，积了一些钱也不再往家寄。妻不成材，儿子也没有淘成，他养家已有三十多年，儿子也近三十，该得担当家，他现在不管也没有什么亏心的了。他恨他妻多半是为她不孝顺他的娘，这最使他痛心。他妻有时到镇上来看他问他要钱，他一见她的影子都觉得头痛，她一到他就跑，她说话他做哑巴，她闹他到庭心里去伏在地下劈柴。有一回他接他娘出来看迎灯，让她睡他自己的床，盖他自己的棉被，他自己在灶边铺些稻柴不脱衣服睡。下一天他妻也赶来了，从厨房的门缝里张见他开着笑口用筷捡一块肥肉给他脱尽了牙翘着个下巴的老娘吃。她就在门外大声哭闹。他过去拿门给堵上了，捡更肥的肉给娘，更高声的说他的笑话，逗他娘和厨下别人的乐。晚上他妻上楼见他娘睡家德自己的床，盖他自己的被，回下来又和他哭闹——他从后门往外跑了。

他一见他娘就开口笑说话没有一句不逗人乐。他娘见他乐也乐，翘着一个干瘪下巴眯着一双皱皮眼不住的笑，厨房里顿时添了无穷的生趣。晚上在门口看灯，家德忙着招呼他娘，端着一条长凳或是一只方板凳，半抱着她站上去，连声地问看得见了不，自己躲在后背双手扶着她防她闪，看完了灯他拿一只碗到巷口去买一碗大肉面汤一两烧酒给他娘吃，吃完了送她上楼睡去。“又要你用钱，家德，”他娘说。“喔，这算什么，我有的是钱！”家德就对他妈背他最近的进益，黄家的丧事到手三百六；李家的喜事到手五角小洋，还有这样那样的，尽他娘用都用不完，这一点点算什么的！

家德的娘来了，是一件大新闻。家德自己起劲不必说，我们上下一家子都觉得高兴。谁都爱看家德跟他娘在一起的神情，谁都爱听他母子俩甜甜的谈话。又有趣，又使人感动。那位乡下老太太，穿紫棉绸衫梳元宝髻的，看着她那头发已经斑白的儿子心里不知有多么得意。就算家德做了皇帝，她也不能更开心。“家德！”她时常尖声地叫，但等得家德赶忙回过头问“娘，要啥，”她又就只眯着一双皱皮眼甜甜地笑，再没有话说。

她也许是忘了她想着要说的话，也许她就爱那么叫她儿子一声，这屋子里人就笑，家德也笑，她也笑，家德在她娘的跟前，拖着早过半百的年岁，身体活灵得像一只小松鼠，忙着为她张罗这样那样的，口齿伶俐得像一只小八哥，娘长娘短的叫个不住。

如果家德是个皇帝，世界上决没有第二个皇太后有他娘那样的好福气。这是家德的伙伴们的思想。看看家德跟他娘，我妈比方一句有诗意的话，就比是到山楼上去看太阳——满眼都是亮。

“看看家德跟他娘，”一个老妈子说，“我总是出眼泪，我从来不知道做人会得这样的有意思。家德的娘一定是几世前修得来的。”

有一回家德脚上发流火，走路一颠一颠的不方便，但一走到他娘的跟前，他立即忍了痛僵直了身子放着腿走路，就像没有病一样。“家德你今年胡须也白了，”他娘说。“人老的好，须白的好。娘你是越老越清，我是胡须越白越健。”他这一插科他娘就忘了年岁，忘了愁。

他娘已在两年前死了。寿衣，有绸有缎的，都是家德早在镇上替她预备好了的。老太太进棺材还带了一支重足八钱的金押发去，这当然也是家德孝敬的。他自从娘死过，再也不回家，他妻出来他也永不理睬她。他现在吃素，念经，每天每晚都念——也是念给他娘的。他一辈子难得花一个闲钱，就有一次因为妻儿的不贤良叫他太伤心了，他一气就“看开”了。他竟然连着有三五天上茶店，另买烧饼当点心吃，一共花了足足有五百钱光景，此外再没有荒唐过。前几天他上楼去见我妈，手筒着手，兴匆匆地说："太太，我要到乡下去一趟。""好的，"我妈说，"你有两年多不回去了。""我积下了一百多块钱，我要去看一块地葬我娘去。"他说。

哀韦杰三君

朱自清

韦杰三君是一个可爱的人；我第一回见他面时就这样想。这一天我正坐在房里，忽然有敲门的声音；进来的是一位温雅的少年。我问他"贵姓"的时候，他将他的姓名写在纸上给我看；说是苏甲荣先生介绍他来的。

苏先生是我的同学，他的同乡，他说前一晚已来找过我了，我不在家；所以这回又特地来的。我们闲谈了一会，他说怕耽误我的时间，就告辞走了。是的，我们只谈了一会儿，而且并没有什么重要的话；——我现在已全忘记——但我觉得已懂得他了，我相信他是一个可爱的人。

第二回来访，是在几天之后。那时新生甄别试验刚完，他的国文课是被分在钱子泉先生的班上。他来和我说，要转到我的班上。我和他说，钱先生的学问，是我素来佩服的；在他班上比在我班上一定好。而且已定的局面，因一个人而变动，也不大方便。他应了几声，也没有什么，就走了。从此他就不曾到我这里来。

有一回，在三院第一排屋的后门口遇见他，他微笑着向我点头；他本是捧了书及墨盒去上课的，这时却站住了向我说："常想到先生那里，只是功课太忙了，总想去的。"我说："你闲时可以到我这里谈谈。"我们就点首作别。三院离我住的古月堂似乎很远，有时想起来，几乎和前门一样。所以半年以来，我只在上课前，下课后几分钟里，偶然遇着他三四次；除上述一次外，都只匆匆地点头走过，不曾说一句话。

但我常是这样想：他是一个可爱的人。

他的同乡苏先生，我还是来京时见过一回，半年来不曾再见。我不曾能和他谈韦君；我也不曾和别人谈韦君，除了钱子泉先生。钱先生有一日告诉我，说韦君总想转到我班上；钱先生又说："他知道不能转时，也很安心的用功了，笔记做得很详细的。"我说，自然还是在钱先生班上好。以后这件事还谈起一两次。直到三月十九日早，有人误报了韦君的死信；钱先生站在我屋外的台阶上惋惜地说："他寒假中来和我谈。我因他常是忧郁的样子，便问他为何这样；是为了我么？他说：‘不是，你先生很好的；我是因家境不宽，老是愁烦着。’他说他家里还有一个年老的父亲和未成年的弟弟；他说他弟弟因为家中无钱，已失学了。他又说他历年在外读书的钱，一小半是自己休了学去做教员弄来的，一大半是向人告贷来的。他又说，下半年的学费还没有着落呢。”但他却不愿平白地受人家的钱；我们只看他给大学部学生会起草的请改奖金制为借贷制与工读制的信，便知道他年纪虽轻，做人却有骨气的。

我最后见他，是在三月十八日早上，天安门下电车时。也照平常一样，微笑着向我点头。他的微笑显示他纯洁的心，告诉人他愿意亲近一切；我是不会忘记的。还有他的静默，我也不会忘记。据陈云豹先生的《行述》，韦君很能说话；但这半年来，我们听见的，却只有他的静默而已。他的静默里含有忧郁，悲苦，坚忍，温雅等等，是最足以引人深长之思和切至之情的。他病中，据陈云豹君在本校追悼会里报告，虽也有一时期，很是躁急，但他终于在离开我们之前，写了那样平静的两句话给校长；他那两句话包蕴着无穷的悲哀，这是静默的悲哀！所以我现在又想，他毕竟是一个可爱的人。

三月十八日晚上，我知道他已危险；第二天早上，听见他死了，叹息而已！但走去看学生会的布告时，知他还在人世，觉得被鼓励似的，忙着将这消息告诉别人。有不信的，我立刻举出学生会布告为证。我二十日进城，到协和医院想去看看他；但不知道医院的规则，去迟了一点钟，不得进去。我很怅惘地在门外徘徊了一会，试问门役道："你知道清华学校有一个韦杰三，死了没有？"他的回答，我原也知道的，是"不知道"三字！那天傍晚回来；二十一日早上，便得着他死的信息——这回他真死了！他死在二十一日上午一时四十八分，就是二十日的夜里，我二十日若早去一点钟，还可见他一面呢。这真是十分遗憾的！二十三日同人及同学入城迎灵，我在城里十二点才见报，已赶不及了。下午回来，在校门外看见杠房里的人，知道柩已来了。我到古月堂一问，知道柩安放在旧礼堂里。我去的时候，正在重殓，韦君已穿好了殓衣在照相了。据说还光着身子照了一张相，是照伤口的。我没有看见他的伤口；但是这种情景，不看见也罢了。照相毕，入殓，我走到柩旁：韦君的脸已变了样子，我几乎不认识了！他的两颧突出，颊肉瘪下，掀唇露齿，哪里还像我初见时的温雅呢？这必是他几日间的痛苦所致的。唉，我们可以想见了！我正在乱想，棺盖已经盖上；唉，韦君，这真是最后一面了！我们从此真无再见之期了！死生之理，我不能懂得，但不能再见是事实，韦君，我们失掉了你，更将从何处觅你呢？

韦君现在一个人睡在刚秉庙的一间破屋里，等着他迢迢千里的老父，天气又这样坏；韦君，你的魂也彷徨着吧！

留園
小舟

第四辑

当时只道是寻常

回忆是生命的礼物

白鹅

丰子恺

抗战胜利后八个月零十天，我卖脱了三年前在重庆沙坪坝庙湾地方自建的小屋，迁居城中去等候归舟。

除了托庇三年的情感以外，我对这小屋实在毫无留恋。因为这屋太简陋了，这环境太荒凉了；我去屋如弃敝屣。倒是屋里养的一只白鹅，使我恋恋不忘。

这白鹅，是一位将要远行的朋友送给我的。这朋友住在北碚，特地从北碚把这鹅带到重庆来送给我，我亲自抱了这雪白的大鸟回家，放在院子内。它伸长了头颈，左顾右盼，我一看这姿态，想道："好一个高傲的动物！"凡动物，头是最主要的部分。这部分的形状，最能表明动物的性格。例如狮子、老虎，头都是大的，表示其力强。麒麟、骆驼，头都是高的，表示其高超。狼、狐、狗等，头都是尖的，表示其刁奸猥鄙。猪猡、乌龟等，头都是缩的，表示其冥顽愚蠢。鹅的头在比例上比骆驼更高，与麒麟相似，正是高超的性格的表示。而在它的叫声、步态、吃相中，更表示出一种傲慢之气。

鹅的叫声，与鸭的叫声大体相似，都是“轧轧”然的。但音调上大不相同。鸭的“轧轧”，其音调琐碎而愉快，有小心翼翼的意味；鹅的“轧轧”，其音调严肃郑重，有似厉声呵斥。它的旧主人告诉我：养鹅等于养狗，它也能看守门户。后来我看到果然：凡有生客进来，鹅必然厉声叫嚣；甚至篱笆外有人走路，它也要引吭大叫，其叫声的严厉，不亚于狗的狂吠。狗的狂吠，是专对生客或宵小用的；见了主人，狗会摇头摆尾，呜呜地乞怜。鹅则对无论何人，都是厉声呵斥；要求饲食时的叫声，也好像大爷嫌饭迟而怒骂小使一样。

鹅的步态，更是傲慢了。这在大体上也与鸭相似。但鸭的步调急速，有局促不安之相。鹅的步调从容，大模大样的，颇像平剧里的净角出场。这正是它的傲慢性格的表现。我们走近鸡或鸭，这鸡或鸭一定让步逃走。这是表示对人惧怕。所以我们要捉住鸡或鸭，颇不容易。那鹅就不然：它傲然地站着，看见人走来简直不让；有时非但不让，竟伸过颈子来咬你一口。这表示它不怕人，看不起人。但这傲慢终归是狂妄的。我们一伸手，就可一把抓住它的项颈，而任意处置它。家畜之中，最傲人的无过于鹅，同时最容易捉住的也无过于鹅。

鹅的吃饭，常常使我们发笑。我们的鹅是吃冷饭的，一日三餐。它需要三样东西下饭：一样是水，一样是泥，一样是草。先吃一口冷饭，次吃一口水，然后再到某地方去吃一口泥及草。大约这些泥和草也有各种滋味，它是依着它的胃口而选定的。这食料并不奢侈；但它的吃法，三眼一板，丝毫不苟。譬如吃了一口饭，倘水盆偶然放在远处，它一定从容不迫地踏大步走上前去，饮水一口。再踏大步走到一定的地方去吃泥，吃草。吃过泥和草再回来吃饭。这样从容不迫地吃饭，必须有一个人在旁侍候，像饭馆里的堂倌一样。因为附近的狗，都知道我们这位鹅老爷的脾气，每逢它吃饭的时候，狗就躲在篱边窥伺。等它吃过一口饭，踏着方步去吃水、吃泥、吃草的当儿，狗就敏捷地跑上来，努力地吃它的饭。没有吃完，鹅老爷偶然早归，伸颈去咬狗，并且厉声叫骂，狗立刻逃往篱边，蹲着静候，看它再吃了一口饭，再走开去吃水、吃草、吃泥的时候，狗又敏捷地跑上来，这回就把它的饭吃完，扬长而去了。等到鹅再来吃饭的时候，饭罐已经空空如也。鹅便昂首大叫，似乎责备人们供养不周。这时我们便替它添饭，并且站着侍候。因为邻近狗很多，一狗方去，一狗又来蹲着窥伺了。邻近的鸡也很多，也常蹑手蹑脚地来偷鹅的饭吃。我们不胜其烦，以后便将饭罐和水盆放在一起，免得它走远去，让鸡、狗偷饭吃。然而它所必须的盛馔泥和草，所在的地点远近无定。为了找这盛馔，它仍是要走远去的。因此鹅的吃饭，非有一人侍候不可。真是架子十足的!

鹅，不拘它如何高傲，我们始终要养它，直到房子卖脱为止。因为它对我们，物质上和精神上都有贡献。使主母和主人都欢喜它。物质上的贡献，是生蛋。它每天或隔天生一个蛋，篱边特设一堆稻草，鹅蹲伏在稻草中了，便是要生蛋了。家里的小孩子更兴奋，站在它旁边等候。它分娩毕，就起身，大踏步走进屋里去，大声叫开饭。这时候孩子们把蛋热热地捡起，藏在背后拿进屋子来，说是怕鹅看见了要生气。鹅蛋真是大，有鸡蛋的四倍呢！主母的蛋篓子内积得多了，就拿来制盐蛋，炖一个盐鹅蛋，一家人吃不了！工友上街买菜回来说 :“今天菜市上有卖鹅蛋的，要四百元一个，我们的鹅每天挣四百元，一个月挣一万二，比我们做工的还好呢，哈哈，哈哈。”我们也陪他一个“哈哈，哈哈。”望望那鹅，它正吃饱了饭，昂胸凸肚地，在院子里跨方步，看野景，似乎更加神气了。但我觉得，比吃鹅蛋更好的，还是它的精神的贡献。因为我们这屋实在太简陋，环境实在太荒凉，生活实在太岑寂了。赖有这一只白鹅，点缀庭院，增加生气，慰我寂寥。

且说我这屋子，真是简陋极了 :篱笆之内，地皮二十方丈，屋所占的只六方丈。这六方丈上，建着三间“抗建式”平屋，每间前后划分为二室，共得六室，每室平均一方丈。中央一间，前室特别大些，约有一方丈半弱，算是食堂兼客堂；后室就只有半方丈强，比公共汽车还小，作为家人的卧室。西边一间，平均划分为二，算是厨房及工友室。东边一间，也平均划分为二，后室也是家人的卧室，前室便是我的书房兼卧房。三年以来，我坐卧写作，都在这一方丈内。归熙甫《项脊轩记》中说："室仅方丈，可容一人居。"又说："雨泽下注，每移案，顾视无可置者。"我只有想起这些话的时候，感觉得自己满足。我的屋虽不上漏，可是墙是竹制的，单薄得很。夏天九点钟以后，东墙上炙手可热，室内好比开放了热水汀。这时候反教人希望警报，可到六七丈深的地下室去凉快一下呢。

竹篱之内的院子，薄薄的泥层下面尽是岩石，只能种些番茄、蚕豆、芭蕉之类，却不能种树木。竹篱之外，坡岩起伏，尽是荒郊。因此这小屋赤裸裸的，孤零零的，毫无依蔽；远远望来，正像一个亭子。我长年坐守其中，就好比一个亭长。这地点离街约有里许，小径迂回，不易寻找，来客极稀。杜诗"幽栖地僻经过少"一句，这室可以受之无愧。风雨之日，泥泞载途，狗也懒得走过，环境荒凉更甚。这些日子的岑寂的滋味，至今回想还觉得可怕。

自从这小屋落成之后，我就辞绝了教职，恢复了战前的闲居生活。我对外间绝少往来，每日只是读书作画，饮酒闲谈而已。我的时间全部是我自己的，这是我的性格的要求，这在我是认为幸福的。然而这幸福必须两个条件：在太平时，在都会里。如今在抗战期，在荒村里，这幸福就伴着一种苦闷——岑寂。为避免这苦闷，我便在读书、作画之余，在院子里种豆，种菜，养鸽，养鹅。而鹅给我的印象最深。因为它有那么庞大的身体，那么雪白的颜色，那么雄壮的叫声，那么轩昂的态度，那么高傲的脾气，和那么可笑的行为。在这荒凉岑寂的环境中，这鹅竟成了一个焦点。凄风苦雨之日，手酸意倦之时，推窗一望，死气沉沉唯有这伟大的雪白的东西，高擎着琥珀色的喙，在雨中昂然独步，好像一个武装的守卫，使得这小屋有了保障，这院子有了主宰，这环境有了生气。

村里的戏班子

周作人

去不去到里赵看戏文？七斤老捏住了照例的那四尺长的毛竹旱烟管站起来说。

好吧。我踌躇了一会才回答，晚饭后舅母叫表姐妹们都去做什么事去了，反正差不成马将。

我们出门往东走，面前的石板路朦胧地发白，河水黑黝黝的，隔河小屋里“哦”的叹了一声，知道劣秀才家的黄牛正在休息。再走上去就是外赵，走过外赵才是里赵，从名字上可以知道这是赵氏聚族而居的两个村子。

戏台搭在五十叔的稻地上，台屁股在半河里，泊着班船，让戏子可以上下，台前站着五六十个看客，左边有两间露天看台，是赵氏搭了请客人坐的。我因了五十婶的招待坐了上去，台上都是些堂客，老是嗑着瓜子，鼻子里闻着猛烈的头油气。戏台上点了两盏乌黗黗的发烟的洋油灯，侉侉地打着破锣，不一会儿有人出台来了，大家举眼一看，乃是多福纲司，镇塘殿的疍船里的一位老大，头戴一顶灶司帽，大约是扮着什么朝代的皇帝。他在正面半桌背后坐了一分钟之后，出来踱了一趟，随即有一个赤背赤脚，单系一条牛头水裤的汉子，手拿两张破旧的令旗，夹住了皇帝的腰胯，把他一直送进后台去了。接着出来两三个一样赤着背，挽着纽纠头的人，起首乱跌，将他们的背脊向台板乱撞乱磕，碰得板都发跳，烟尘陡乱，据说是在“跌鲫鱼爆”。后来知道在旧戏的术语里叫作摔壳子。这一摔花了不少工夫，我渐渐有点忧虑，假如不是谁的脊梁或是台板摔断一块，大约这场跌打不会中止。好容易这两三个人都平安地进了台房，破锣又侉侉地开始敲打起来，加上了斗鼓的格答格答的声响，仿佛表示要有重要的事件出现了。忽然从后台唱起“呀”的一声，一位穿黄袍，手拿象鼻刀的人站在台口，台下起了喊声，似乎以小孩的呼笑为多：

“弯老，猪头多少钱一斤？……”

“阿九阿九，桥头吊酒……”

我认识这是桥头卖猪肉的阿九。他拿了象鼻刀在台上摆出好些架势，把眼睛轮来轮去的，可是在小孩们看了似乎很是好玩，呼号得更起劲了，其中夹着一两个大人的声音道：

“阿九，多卖点力气。”

一个穿白袍的撅着一枝两头枪奔出来，和阿九遇见就打，大家知道这是打更的长明，不过谁也和他不打招呼。

女客嗑着爪子，头油气一阵阵地熏过来。七斤老靠了看台站着，打了两个呵欠，抬起头来对我说道，到那边去看看吧。

我也不知道那边是什么，就爬下台来，跟着他走。到神桌跟前，看见桌上供着五个纸牌位，其中一张绿的知道照例是火神菩萨。再往前走进了两扇大板门，即是五十叔的家里。堂前一顶八仙桌，四角点了洋蜡烛，在差马将，四个人差不多都是认识的。我受了“麦馒烧”的供应，七斤老在抽他的旱烟——“湾奇”，站在人家背后看得有点入迷。胡里胡涂地过了好些时光，很有点儿倦怠，我催道，再到戏文台下溜一溜吧。

嗡，七斤老含着旱烟管的咬嘴答应。眼睛仍望着人家的牌，用力地喝了几口，把烟蒂头磕在地上，别转头往外走，我拉着他的烟必子，一起走到稻地上来。

戏台上乌黢黢的台亮还是发着烟，堂客和野小孩都已不见了，台下还有些看客，零零落落地大约有十来个人。一个穿黑衣的人在台上踱着。原来这还是他阿九，头戴毗卢帽，手执仙帚，小丑似的把脚一伸一伸地走路，恐怕是《合钵》

里的法海和尚吧。

站了一会儿，阿九老是踱着，拂着仙帚。我觉得烟必子在动，便也跟了移动，渐渐往外赵方面去，戏台留在后边了。

忽然听得远远的破锣侉侉地响，心想阿九这一出戏大约已做完了吧。路上记起儿童的一首俗歌来，觉得写得很好：

台上紫云班，台下都走散。

连连关庙门，东边墙壁都爬坍。

连连扯得住，只剩一担馄饨担。

冬天

朱自清

说起冬天，忽然想到豆腐。是一“小洋锅”（铝锅）白煮豆腐，热腾腾的。水滚着，像好些鱼眼睛，一小块一小块豆腐养在里面，嫩而滑，仿佛反穿的白狐大衣。锅在“洋炉子”（煤油不打气炉）上，和炉子都熏得乌黑乌黑，越显出豆腐的白。这是晚上，屋子老了，虽点着“洋灯”，也还是阴暗。围着桌子坐的是父亲跟我们哥儿三个。“洋炉子”太高了，父亲得常常站起来，微微地仰着脸，觑着眼睛，从氤氲的热气里伸进筷子，夹起豆腐，一一地放在我们的酱油碟里。我们有时也自己动手，但炉子实在太高了，总还是坐享其成的多。这并不是吃饭，只是玩儿。父亲说晚上冷，吃了大家暖和些。我们都喜欢这种白水豆腐；一上桌就眼巴巴望着那锅，等着那热气，等着热气里从父亲筷子上掉下来的豆腐。

又是冬天，记得是阴历十一月十六晚上，跟S君P君在西湖里坐小划子。S君刚到杭州教书，事先来信说：“我们要游西湖，不管它是冬天。”那晚月色真好，现在想起来还像照在身上。本来前一晚是“月当头”；也许十一月的月亮真有些特别吧。那时九点多了，湖上似乎只有我们一只划子。有点风，月光照着软软的水波；当间那一溜儿反光，像新砑的银子。湖上的山只剩了淡淡的影子。山下偶尔有一两星灯火。S君口占两句诗道：“数星灯火认渔村，淡墨轻描远黛痕。”我们都不大说话，只有均匀的桨声。我渐渐地快睡着了。P君“喂”了一下，才抬起眼皮，看见他在微笑。船夫问要不要上净寺去，是阿弥陀佛生日，那边蛮热闹的。到了寺里，殿上灯烛辉煌，满是佛婆念佛的声音，好像醒了一场梦。这已是十多年前的事了，S君还常常通着信，P君听说转变了好几次，前年是在一个特税局里收特税了，以后便没有消息。

在台州过了一个冬天，一家四口子。台州是个山城，可以说在一个大谷里。只有一条二里长的大街。别的路上白天简直不大见人；晚上一片漆黑。偶尔人家窗户里透出一点灯光，还有走路的拿着的火把，但那是少极了。我们住在山脚下，有的是山上松林里的风声，跟天上一只两只的鸟影。

夏末到那里，春初便走，却好像老在过着冬天似的；可是即便真冬天也并不冷。我们住在楼上，书房临着大路；路上有人说话，可以清清楚楚地听见。但因为走路的人太少了，间或有点说话的声音，听起来还只当远风送来的，想不到就在窗外。我们是外路人，除上学校去之外，常只在家里坐着。妻也惯了那寂寞，只和我们爷儿们守着。外边虽老是冬天，家里却老是春天。有一回我上街去，回来的时候，楼下厨房的大方窗开着，并排地挨着她们母子三个，三张脸都带着天真微笑地向着我。似乎台州空空的，只有我们四人；天地空空的，也只有我们四人。那时是民国十年，妻刚从家里出来，满自在。现在她死了快四年了，我却还老记着她那微笑的影子。

无论怎么冷，大风大雪，想到这些，我心上总是温暖的。

风筝

鲁迅

北京的冬季，地上还有积雪，灰黑色的秃树枝丫叉于晴朗的天空中，而远处有一二风筝浮动，在我看来是一种惊异和悲哀。

故乡的风筝时节，是春二月，倘听到沙沙的风轮声，仰头便能看见一个淡墨色的蟹风筝或嫩蓝色的蜈蚣风筝。还有寂寞的瓦片风筝，没有风轮，又放得很低，伶仃地显出憔悴可怜的模样。但此时地上的杨柳已经发芽，早的山桃也多吐蕾，和孩子们的天上的点缀相照应，打成一片春日的温和。我现在在哪里呢？四面都还是严冬的肃杀，而久经诀别的故乡的久经逝去的春天，却就在这天空中荡漾了。

但我是向来不爱放风筝的，不但不爱，并且嫌恶它，因为我以为这是没出息孩子所做的玩艺。和我相反的是我的小兄弟，他那时大概十岁内外罢，多病，瘦得不堪，然而最喜欢风筝，自己买不起，我又不许放，他只得张着小嘴，呆看着空中出神，有时竟至于小半日。远处的蟹风筝突然落下来了，他惊呼；两个瓦片风筝的缠绕解开了，他高兴得跳跃。他的这些，在我看来都是笑柄，可鄙的。

有一天，我忽然想起，似乎多日不很看见他了，但记得曾见他在后园拾枯竹。我恍然大悟似的，便跑向少有人去的一间堆积杂物的小屋去，推开门，果然就在尘封的什物堆中发现了他。他向着大方凳，坐在小凳上；便很惊惶地站了起来，失了色瑟缩着。大方凳旁靠着一个蝴蝶风筝的竹骨，还没有糊上纸，凳上是一对做眼睛用的小风轮，正用红纸条装饰着，将要完工了。我在破获秘密的满足中，又很愤怒他瞒了我的眼睛，这样苦心孤诣地来偷做没出息孩子的玩艺。我即刻伸手折断了蝴蝶的一支翅骨，又将风轮掷在地下，踏扁了。论长幼，论力气，他是都敌不过我的，我当然得到完全的胜利，于是傲然走出，留他绝望地站在小屋里。后来他怎样，我不知道，也没有留心。

然而我的惩罚终于轮到了，在我们离别得很久之后，我已经是中年。我不幸偶而看到了一本外国的讲论儿童的书，才知道游戏是儿童最正当的行为，玩具是儿童的天使。

于是二十年来毫不忆及的幼小时候对于精神的虐杀的这一幕，忽地在眼前展开，而我的心也仿佛同时变了铅块，很重很重地坠下去了。

但心又不竟坠下去而至于断绝，它只是很重很重地坠着，坠着。

我也知道补过的方法的：送他风筝，赞成他放，劝他放，我和他一同放。我们嚷着，跑着，笑着——然而他其时已经和我一样，早已有了胡子了。

我也知道还有一个补过的方法的：去讨他的宽恕，等他说，“我可是毫不怪你呵。”那么，我的心一定就轻松了，这确是一个可行的方法。有一回，我们会面的时候，是脸上都已添刻了许多“生”的辛苦的条纹，而我的心很沉重。我们渐渐谈起儿时的旧事来，我便叙述到这一节，自说少年时代的糊涂。“我可是毫不怪你呵。”我想，他要说了，我即刻便受了宽恕，我的心从此也宽松了罢。

“有过这样的事么？”他惊异地笑着说，就像旁听着别人的故事一样。他什么也记不得了。

全然忘却，毫无怨恨，又有什么宽恕可言呢？无怨的恕，说谎罢了。

我还能希求什么呢？我的心只得沉重着。

现在，故乡的春天又在这异地的空中了，既给我久经逝去的儿时的回忆，而一并也带着无可把握的悲哀。我倒不如躲到肃杀的严冬中去罢，——但是，四面又明明是严冬，正给我非常的寒威和冷气。

五猖会

鲁迅

孩子们所盼望的，过年过节之外，大概要数迎神赛会的时候了。但我家的所在很偏僻，待到赛会的行列经过时，一定已在下午，仪仗之类，也减而又减，所剩的极其寥寥，往往伸着颈子等候多时，却只见十几个人抬着一个金脸或蓝脸红脸的神像匆匆地跑过去。于是，完了。

我常存着这样的一个希望：这一次所见的赛会，比前一次繁盛些。可是结果总是一个“差不多”；也总是只留下一个纪念品，就是当神像还未抬过之前，花一文钱买下的，用一点烂泥，一点颜色纸，一枝竹签和两三枝鸡毛所做的，吹起来会发出一种刺耳的声音的哨子，叫作“吹都都”的，吡吡地吹它两三大。

现在看看《陶庵梦忆》，觉得那时的赛会，真是豪奢极了，虽然明人的文章，怕难免有些夸大。因为祷雨而迎龙王，现在也还有的，但办法却已经很简单，不过是十多人盘旋着一条龙，以及村童们扮些海鬼。那时却还要扮故事，而且实在奇拔得可观。他记扮《水浒传》中人物云："……于是分头四出，寻黑矮汉，寻梢长大汉，寻头陀，寻胖大和尚，寻壮妇人，寻姣长妇人，寻青面，寻歪头，寻赤须，寻美髯，寻黑大汉，寻赤脸长须。大索城中；无，则之郭，之村，之山僻，之邻府州县。用重价聘之，得三十六人，梁山泊好汉，个个呵活，臻臻至至，人马称娖而行。……"这样的白描的活古人，谁能不动一看的雅兴呢？可惜这种盛举，早已和明社一同消灭了。

赛会虽然不像现在上海的旗袍，北京的谈国事，为当局所禁止，然而妇孺们是不许看的，读书人即所谓士子，也大抵不肯赶去看。只有游手好闲的闲人，这才跑到庙前或衙门前去看热闹；我关于赛会的知识，多半是从他们的叙述上得来的，并非考据家所贵重的"眼学"。然而记得有一回，也亲见过较盛的赛会。开首是一个孩子骑马先来，称为"塘报"；过了许久，"高照"到了，长竹竿揭起一条很长的旗，一个汗流浃背的胖大汉用两手托着；他高兴的时候，就肯将竿头放在头顶或牙齿上，甚而至于鼻尖。其次是所谓“高跷”，“抬阁”，“马头”了；还有扮犯人的，红衣枷锁，内中也有孩子。我那时觉得这些都是有光荣的事业，与闻其事的即全是大有运气的人，——大概羡慕他们的出风头罢。我想，我为什么不生一场重病，使我的母亲也好到庙里去许下一个“扮犯人”的心愿的呢？……然而我到现在终于没有和赛会发生关系过。

要到东关看五猖会去了。这是我儿时所罕逢的一件盛事。因为那会是全县中最盛的会，东关又是离我家很远的地方，出城还有六十多里水路，在那里有两座特别的庙。一是梅姑庙，就是《聊斋志异》所记，室女守节，死后成神，却篡取别人的丈夫的；现在神座上确塑着一对少年男女，眉开眼笑，殊与“礼教”有妨。其一便是五猖庙了，名目就奇特。据有考据癖的人说：这就是五通神。然而也并无确据。神像是五个男人，也不见有什么猖獗之状；后面列坐着五位太太，却并不“分坐”，远不及北京戏园里界限之谨严。其实呢，这也是殊与“礼教”有妨的，——但他们既然是五猖，便也无法可想，而且自然也就“又作别论”了。

因为东关离城远，大清早大家就起来。昨夜预定好的三道明瓦窗的大船，已经泊在河埠头，船椅、饭菜、茶炊、点心盒子，都在陆续搬下去了。我笑着跳着，催他们要搬得快。忽然，工人的脸色很谨肃了，我知道有些蹊跷，四面一看，父亲就站在我背后。

“去拿你的书来。”他慢慢地说。

这所谓的“书”，是指我开蒙时候所读的《鉴略》，因为我现没有第二本了，我们那里上学的岁数是多拣单数的，所以这使我记住我其时是七岁。

我忐忑着，拿着书来了。他使我同坐在堂中央的桌子前，教我一句一句地读下去。我担着心，一句一句地读下去。

两句一行，大约读了二三十行罢，他说：

“给我读熟，背不出，就不准去看会。”

他说完，便站起来，走进房里去了。

我似乎从头上浇了一盆冷水。但是，有什么法子呢？自然是读着，读着，强记着，——而且要背出来。

粤自盘古，生于太荒，

首出御世，肇开混茫。

就是这样的书，我现在只记得前四句，别的都忘却了；那时所强记的二三十行，自然也一齐忘却在里面了。记得那时所听人说，读《鉴略》比读《千字文》《百家姓》有用得多，因为可以知道从古到今的大概。知道从古到今的大概，那当然是很好的，然而我一字也不懂。“粤自盘古”就是“粤自盘古”，读下去，记住它，“粤自盘古”呵！“生于太荒”呵！……

应用的物件已经搬完，家中由忙乱转成静肃了。朝阳照着西墙，天气很清朗。母亲，工人，长妈妈即阿长，都无法营救，只默默地静候着我读熟，而且背出来。在百静中，我似乎头里要伸出许多铁钳，将什么“生于太荒”之流夹住；也听到自己急急诵读的声音发着抖，仿佛深秋的蟋蟀，在夜中鸣叫似的。

他们都等候着；太阳也升得更高了。

我忽然似乎已经很有把握，便即站了起来，拿书走进父亲的书房，一气背将下去，梦似的就背完了。

“不错。去罢。”父亲点着头，说。

大家同时活动起来，脸上都露出笑容，向河埠走去。工人将我高高地抱起，仿佛在祝贺我的成功一般，快步走在最前头。

我却并没有他们那么高兴。开船以后，水路中的风景，盒子里的点心，以及到了东关的五猖会的热闹，对于我似乎都没有什么大意思。

直到现在，别的完全忘却，不留一点痕迹了，只有背诵《鉴略》这一段；却还分明如昨日事。

我至今一想起，还诧异我的父亲何以要在那时候叫我来背书。

初冬

萧红

初冬，我走在清凉的街道上，遇见了我的弟弟。

“莹姐，你走到哪里去？”

“随便走走吧！”

“我们去吃一杯咖啡，好不好，莹姐。”

咖啡店的窗子在帘幕下挂着苍白的霜层。我把领口脱着毛的外衣搭在衣架上。

我们开始搅着杯子铃铛地响了。

“天冷了吧！并且也太孤寂了，你还是回家的好。”弟弟的眼睛是深黑色的。

我摇了头，我说：

“你们学校的篮球队近来怎么样？还活跃吗？你还是很热心吗？”

“我掷筐掷得更进步，可惜你总也没到我们球场上来了。你这样不畅快是不行的。”

我仍搅着杯子，也许飘流久了的心情，就和离了岸的海水一般，若非遇到大风是不去翻起的。我开始弄着手帕。弟弟再向我说什么我已不去听清他，仿佛自己是沉坠在深远的幻想的井里。

我不记得咖啡怎样被我吃干了杯了。茶匙在搅着空的杯子时，弟弟说："再来一杯吧！"

女侍者带着欢笑一般飞起的头发来到我们的桌边，她又用很响亮的脚步摇摇地走了去。

也许因为清早或天寒，再没有人走进这咖啡店。在弟弟默默看着我的时候，在我的思想凝静得玻璃一般平的时候，壁间暖气管小小嘶鸣的声音都听得到了。

“天冷了。还是回家好，心情这样不畅快长久了是无益的。”

“怎么？”

“太坏的心情与你有什么好处呢？”

为什么要说我的心情不好呢？”

我们又都搅着杯子。有外国人走进来，那响着嗓子的、嘴不住在说的女人，就坐在我们的近边。她离得我越近，我越嗅到她满衣的香气，那使我感到她离得我更辽远，也感到全人类离得我更辽远。也许她那安闲而幸福的态度与我一点联系也没有。

我们搅着杯子，杯子不能像起初掀得发响了。街车好像渐渐多了起来。闪在窗子上的人影，迅速而且繁多了。隔着窗子，可以听到喑哑的笑声和喑哑的踏在行人道上的鞋子的声音。

“莹姐，”弟弟的眼睛深黑色的。“天冷了，再不能飘流下去，回家去吧！”等他说：“你的头发这样长了，怎么不到理发店去一次呢？”我不知道为什么被他这话所激动了。

也许要熄灭的灯火在我心中复燃起来，热力和光明鼓荡着我：“那样的家我是不想回去的。”“那么飘流着，就这样飘流着？”弟弟的眼睛是深黑色的。他的杯子留在左手里边，另一只手在桌面上手心向上翻张了开来，要在空间摸索着什么似的。最后，他是捉住他自己的领巾。我看着他在抖动的嘴唇：“莹姐，我真担心你这个女浪人！”他的牙齿好像更白了些，更大些，而且有力了，而且充满热情了。为热情而波动，他的嘴唇是那样的褪去了颜色。并且他的全人有些近乎狂人，然而安静的，完全被热情侵占着的。

出了咖啡店，我们在结着薄碎的冰雪上面踏着脚。

初冬，早晨的红日扑着我们的头发，这样的红光使我感到欣快和寂寞。弟弟不住地在手下摇着帽子，肩头耸起了又落下了；心脏也是高了又低了。

渺小的同情者和被同情者离开了市街。

停在一个荒败的枣树园的前面时，他突然把很厚的手伸给了我，这是我们要告别了。

“我到学校去上课！”他脱开我的手，向着我相反的方向背转过去。可是走了几步，又转回来：“莹姐，我看你还是回家的好！”

“那样的家我是不能回去的，我不愿意受和我站在两极端的父亲的豢养……”

“那么你要钱用吗？”

“不要的。”

“那么，你就这个样子吗？你瘦了！你快要生病了！你的衣服也太薄啊！”弟弟的眼睛是深黑色的，充满着祈祷和愿望。我们又握过手，分别向不同的方向走去。太阳在我的脸面上闪闪耀耀。仍和未遇见弟弟以前一样，我穿行街头，我无目的地走。寒风，刺着喉头，时时要发作小小的咳嗽。

弟弟留给我的是深黑色的眼睛，这在我散漫与孤独的流荡人的心板上，怎能不微温了一个时刻？

故乡的杨梅

鲁彦

过完了长期的蛰伏生活，眼看着新黄嫩绿的春天爬上了枯枝，正欣喜着想跑到大自然的怀中，发泄胸中的郁抑，却忽然病了。

唉，忽然病了。

我这粗壮的躯壳，不知道经过了多少炎夏和严冬，被轮船和火车抛掷过多少次海角与天涯，尝受过多少辛劳与艰苦，从来不知道颤栗或疲倦的呵，现在却呆木地躺在床上，不能随意的转侧了。

尤其是这躯壳内的这一颗心。它历年可是铁一样的。对着眼前的艰苦，它不会畏缩；对着未来的憧憬，它不肯绝望；对着过去的痛苦，它不愿回忆的呵，然而现在，它却尽管凄凉地往复的想了。

唉，唉，可悲呵，这病着的躯壳的病着的心。

尤其是对着这细雨连绵的春天。

这雨，落在西北，可不全像江南的故乡的雨吗？细细的，丝一样，若断若续的。

故乡的雨，故乡的天，故乡的山河和田野……还有那蔚蓝中衬着整齐的金黄的菜花的春天，藤黄的稻穗带着可爱的气息的夏天，蟋蟀和纺织娘们在濡湿的草中唱着诗的秋天，小船吱吱地独着沉默的薄冰的冬天……还有那熟识的道路，还有那亲密的故居……

不，不，我不想这些，我现在不能回去，而且是病着，我得让我的心平静：恢复我过去的铁一般的坚硬，告诉自己：这雨是落在西北，不是故乡的雨——而且不像春天的雨，却像夏天的雨。

不要那样想吧，我的可怜的心呵，我的头正像夏天的烈日下的汽油缸，将要炸裂了，我的嘴唇正干燥得将要迸出火花来了呢。让这夏天的雨来压下我头部的炎热，让……让……

唉，唉，就说是故乡的杨梅吧……它正是在类似这样的雨天成熟的呵。

故乡的食物，我没有比这更喜欢的了。倘若我爱故乡，不如就说我完全是爱的这叫做杨梅的果子吧。

呵，相思的杨梅！它有着多么惊异的形状，多么可爱的颜色，多么甜美的滋味呀。

它是圆的，和大的龙眼一样大小，远看并不稀奇，拿到手里，原来它是遍身生着刺的哩。这并非是它的壳，这就是它的肉。不知道的人，一定以为这满身生着刺的果子是不能进口的了，否则也须用什么刀子削去那刺的尖端的吧？然而这是过虑。它原来是希望人家爱它吃它的。只要等它渐渐长熟，它的刺也渐渐软了，平了。那时放到嘴里，软滑之外还带着什么感觉呢？没有人能想得到，它还保存着它的特点，每一根刺平滑地在舌尖上触了过去，细腻柔软而且亲切——这好比最甜蜜的吻，使人迷醉呵。

颜色更可爱呢。它最先是淡红的，像娇嫩的婴儿的面颊，随后变成了深红，像是处女的害羞，最后黑红了——不，我们说它是黑的。然而它并不是黑，也不是黑红，原来是红的。太红了，所以像是黑。轻轻地啄开它，我们就看见了那新鲜红嫩的内部，同时我们已染上了一嘴的红水。说他新鲜红嫩，有的人也许以为一定像贵妃的肉色似的荔枝吧？嗳，那错了。荔枝的光色是呆板的，像玻璃，像鱼目；杨梅的光色却是生动的，像映着朝霞的露水呢。

滋味吗？没有十分成熟是酸带甜，成熟了便单是甜。这甜味可决不使人讨厌，不但爱吃甜味的人尝了一下舍不得丢掉，就连不爱吃甜味的人也会完全给它吸引住，越吃越爱吃。它是甜的，然而又依然是酸的，而这酸味，我们须待吃饱了杨梅以后，再吃别的东西的时候，才能领会得到。那时我们才知道自己的牙齿酸了，软了，连豆腐也咬不下了，于是我们才恍然悟到刚才吃多了酸的杨梅。我们知道这个，然而我们仍然爱它，我们仍须吃一个大饱。它真是世上最迷人的东西。

唉，唉，故乡的杨梅呵。

细雨如丝的时节，人家把它一船一船地载来，一担一担的挑来，我们一篮一篮的买了进来，挂一篮在檐口下，放一篮在水缸盖上，倒上一脸盆，用冷水一洗，一颗一颗的放进嘴里，一面还没有吃了，一面又早已从脸盆里拿起了一颗，一口气吃了一二十颗，有时来不及把它的核一一吐出来，便一直吞进了肚里。

“生了虫呢……蛇吃过了呢……”母亲看见我们吃得快，吃得多，便这样的说了起来，要我们仔细的看一看，多多的洗一番。

但我们并不管这些，它成了我们的生命，我们越吃越快了。

“好吃，好吃，”我们心里这样想着，嘴里却没有余暇说话。待肚子胀上加胀，胀上加胀，眼看着一脸盆的杨梅吃得一颗也不留，这才呆笨地挺着肚子，走了开去，叹气似的嘘出一声“咳”来……

唉，可爱的故乡的杨梅呵。

一年，二年……我已有十六七年不曾尝到它的滋味了。偶而回到故乡，不是在严寒的冬天，便是在酷热的夏天，或者杨梅还未成熟，或者杨梅已经落完了。这中间，曾经有两次，在异地见到过杨梅，比故乡的小，比故乡的酸，颜色又不及故乡的红。我想回味过去，把它买了许多来。

“长在树上，有虫爬过，有蛇吃过呢……”

我现在成了大人，有了知识，爱惜自己的生命甚于杨梅了。我用沸滚的开水去细细的洗杨梅，觉得还不够消除那上面的微菌似的。

于是它不但更不像故乡的，简直不是杨梅了。我只尝了一二颗，便不再吃下去。

最后一次我终于在离故乡不远的地方见到了可爱的故乡的杨梅。

然而又因为我成了大人，有了知识，爱惜自己的生命甚于杨梅，偶然发现一条小虫，也就拒绝了回味的欢愉。

现在我的味觉也显然改变了，即使回到故乡，遇到细雨如丝的杨梅时节，即使并不害怕从前的那种吃法，我的舌头应该感觉不出从前的那种美味了，我的牙齿应该不能像从前似的能够容忍那酸性了。

唉，故乡离开我愈远了。

我们中间横着许多鸿沟。那不是千万里的山河的阻隔，那是……

唉，唉，我到底病了。我为什么要想到这些呢？看呵，这眼前的如丝的细雨，不是若断若续的落在西北的春天里吗？

父亲的玳瑁

鲁彦

在墙脚跟刷然溜过的那黑猫的影，又触动了我对于父亲的玳瑁的怀念。

净洁白毛的中间，夹杂些淡黄的云霞似的柔毛，恰如透明的妇人的玳瑁首饰的那种猫儿，是被称为“玳瑁猫”的。我们家里的猫儿正是那一类，父亲便给了它“玳瑁”这个名字。

在近来的这一匹玳瑁之前，我们还曾有过另外的一匹。它有着同样的颜色，得到了同样的名字，同是从我姊姊的家里带来，一样地为我们所爱。

但那是我不幸的妹妹的玳瑁，它曾经和她盘桓了十二年的岁月。

而现在的这一匹，是属于父亲的。

它为什么时候来到我们家里，我不很清楚，据说大约已有三年光景了。父亲给我的信，从来不曾提到过它。在他的理智中，彷佛以为玳瑁毕竟是一匹小小的兽，比不上任何的家事，足以通知我似的。

但当我去年回到家里的时候，我看到了父亲和玳瑁的感情了。

每当厨房的碗筷一搬动，父亲在后房餐桌边坐下的时候，玳瑁便在门外咪咪的叫了起来。这叫声是只有两三声，从不多叫的。它彷佛在问父亲，可不可以进来似的。

于是父亲就说了，完全像对为什么人说话一样：

“玳瑁，这里来！”

我初到的几天，家里突然增多了四个人，在玳瑁似乎感觉到热闹与生疏的恐惧，常不肯即刻进来。

“来吧，玳瑁！”父亲望着门外，不见它进来，又说了。

但是玳瑁只回答了两声“咪咪”，仍在门外徘徊着。

“小孩一样，看见生疏的人，就怕进来了，”父亲笑着对我们说。

但是过了一会，玳瑁在大家的不注意中，已经跃上父亲的膝上了。

“哪，在这里了，”父亲说。

我们弯过头去看，它伏在父亲的膝上，睁着略带惧怯的眼望着我们，彷佛预备逃遁似的。

父亲立刻理会出它的感觉，用手抚摩着它的颈背，说：“困着吧，玳瑁。”一面他又转过来对我们论：“不要多看它，它像姑娘一样的呢。”

我们吃着饭，玳瑁从不跳到桌上来，只是静静地伏在父亲的膝上。有时鱼腥的气息引诱了它，它便偶尔伸出半个头来望了一望，又立刻缩了回去。它的脚不肯触着桌子。这是它的规矩，父亲告诉我们说，向来是这样的。

父亲吃完饭，站起来的时候，玳瑁便先走出门外去。它知道父亲要到厨房里去给它备饭了。那是真的。父亲从来不曾忘记过，他自己一吃完饭，便去添饭给玳瑁的。玳瑁的饭每次都有鱼或鱼汤拌着。父亲自己这几年来对于鱼的滋味据说很有点厌了，但即使自己不吃，他总是每次上街去，给玳瑁带了一些鱼来，而且给它储存着的。

白天，玳瑁常在储藏东西的楼上，不常到楼下的房子里来。但每当父亲有什么事情将要出去的时候，玳瑁像是在楼上看着的样子，便溜到父亲的身边，绕着父亲的脚转了几下，一直跟父亲到门边。父亲回来的时候，它又像是在什么地方远远望看，静静地倾听着的样子，待父亲一跨进门限，它又在父亲的脚边了。它并不时时刻刻跟着父亲，但父亲的一举一动，父亲的进出，它似乎时刻在那里留心着。

晚上，玳瑁睡在父亲的脚后的被上，陪伴着父亲。

我们回家后，父亲换了一个寝室。他现在睡到衖堂门外一间从来没有人去的地方了。

玳瑁有两夜没有找到父亲，只在原地方走着，叫着。它第一夜跳到父亲的床上。发现睡着的是我们，便立刻跳了出去。

正是很冷的天气。父亲记念着玳瑁夜里受冷，说它恐怕不会想到他会搬到那样冷落的地方去的。而且晚上衖堂门又关得很早。

但是第三天的夜里，父亲一觉醒来，玳瑁已在床上睡着了，静静的，“咕咕”念着猫经。

半个月后，玳瑁对我也渐渐熟了。它不复躲避我。当它在父亲身边的时候，我伸出手去，轻轻抚摩着它的颈背。它伏着不动。然而它从不自己走近我。我叫它，它仍不来。就是母亲，她永久是和父亲在一起的，它也不肯走近她。父亲呢，只要叫一声“玳瑁”，甚至咳嗽一声，它便不晓得从为什么地方溜出来了，而且绕着父亲的脚。

有两次，玳瑁到邻居去游走，忘记了吃饭。我们大家叫着“玳瑁，玳瑁”，东西寻找着，不见它回来。父亲却猜到它到那里去了。他拿着玳瑁的饭碗走出门外，用筷子敲着，只喊了两声“玳瑁”，玳瑁便从很远的邻屋上走来了。

“你的声音像格外不同似的，”母亲对父亲说，“只叫两声，又不大，它便老远的听见了。”

“是哪，它只听我管的哩。”

对于寂寞地度着残年的老人，玳瑁所给与的是儿子和孙子的安慰，我觉得。

六月四日的早晨，我带着战栗的心重到家里，父亲只躺在床上远远地望了我一下，便疲倦地合上了眼皮。我悲苦地牵着他的手在我的面上抚摩着。他的手已经有点生硬，不复像往日柔和地抚摩玳瑁的颈背那样自然。据说在头一天的下午，玳瑁曾经跳上他的身边，悲鸣着，父亲还很自然的抚摩着它，亲密地叫着“玳瑁”。而我呢，已经迟了。

从这一天起，玳瑁便不再走进父亲的以及和父亲相连的我们的房子。我们有好几天没有看见玳瑁的影子。我代替了父亲的工作，给玳瑁在厨房里备好鱼拌的饭，敲着碗，叫着“玳瑁”。玳瑁没有回答，也不出来。母亲说，这几天家里人多，闹得很，它该是躲在楼上怕出来的。于是我把饭碗一直送到楼上。然而玳瑁仍没有影子。过了一天，碗里的饭照样地摆在楼上，只饭粒干了一些。

玳瑁正怀着孕，需要好的滋养。一想到这，大家更焦虑了。

第五天早晨，母亲才发现给玳瑁在厨房预备着的另一只饭碗里的饭略略少了一些。大约它在没有人的夜里走进了厨房。它应该是非常的饿了。然而仍像吃不下的样子。

一星期后，家里的亲友渐渐少了，玳瑁仍不大肯露面。无论谁叫它，都不答应，偶然在楼梯上溜过的后影，显得憔悴而且瘦削，连那怀着孕的肚子也好像小了一些似的。

一天一天，家里愈加冷静了。满屋里主宰着静默的悲哀。一到晚上，人还没有睡，老鼠便吱吱叫着活动起来，甚至我们房间的楼上，也在叫着跑着。玳瑁是最会捕鼠的。当去年我们回家的时候，即使它跟着父亲睡在远一点的地方，我们的房间里也从没有听见过老鼠的声音，但现在玳瑁就睡在隔壁的楼上，也不过问了。我们毫不埋怨它。我们知道它所以这样的原因。

可怜的玳瑁。它不能再听到那熟识的亲密的声音，不能再得到那慈爱的抚摩，它是在怎样的悲伤呵！

三星期后，我们全家要离开故乡。大家预先就在商量，怎样把玳瑁带出来。但是离开预定的日子前一星期，玳瑁生了小孩了。我们看见它的肚子松着。

怎样能够把它带出来呢?

然而为了玳瑁，我们还是不能不带它出来。我们家里的门将要全锁上。邻居们不会像我们似的爱它，而且大家全吃着素菜，不会舍得买鱼饲它。单看玳瑁的脾气，连对于母亲也是冷淡淡的，决不会喜欢别的邻居。

我们还是决定带它一道来上海。

它生了几个小孩，为什么样子，放在那里，我们虽然极想知道，却不敢去惊动玳瑁。我们预定在饲玳瑁的时候，先捉到它，然后再寻觅它的小孩。因为这几天来，玳瑁在吃饭的时候，已经不大避人，捉到它应该是容易的。

但是两天后，我们的十几岁的外甥遏抑不住他的热情了。不知怎样，玳瑁的孩子们所在的地方先被他很容易的发见了。它们原来就在楼梯门口，一只半掩着的糠箱里。玳瑁和它的小孩们就住在这里，是谁也想不到的。外甥很喜欢，叫大家去看。玳瑁已经溜得远远的在惧怯地望着。

我们想，既然玳瑁已经知道我们发觉了它的小孩的住所，不如便先把它的小孩看守起来，因为这样，也可以引诱玳瑁的来到，否则它会把小孩衔到更没有人晓得的地方去的。

于是我们便做了一个更安适的窠，给它的小孩们，携进了以前的父亲的寝室，而且就在父亲的床边。

那里是四个小孩，白的，黑的，黄的，玳瑁的，都还没有睁开眼睛。贴着压着，钻做一团，肥圆的。捉到它们的时候，偶然发出微弱的老鼠似的吱吱的鸣声。

“生了几只呀？”母亲问着。

“四只。”

“嗨，四只！怪不得！扛了你父亲的棺材，不要再扛我的呢！”母亲叹息着，不快活的说。

大家听着这话，楞住了。

“把它们丢出去！”外甥叫着说，但他同时却又喜悦地抚摩着玳瑁的小孩们，舍不得走开。

玳瑁现在在楼上寻觅了，它大声的叫着。

“玳瑁，这里来，在这里，”我们学着父亲彷彿对人说话似的叫着玳瑁说。

但是玳瑁像只懂得父亲的话，不能了解我们说的为什么。它在楼上寻觅着，在衖堂里寻觅着，在厨房里寻觅着，可不走进以前父亲天天夜里带着它睡觉的房子。我们有时故意作弄着它的小孩们，使它们发出微弱的鸣声。玳瑁仍像没有听见似的。

过了一会，玳瑁给我们的女工捉住了。它似乎饿了，走到厨房去吃饭，却不防给她一手捉住了颈背的皮。

“快来！快来！捉住了！”她大声叫着。

我扯了早已预备好的绳圈，跑出去。

玳瑁大声的叫着，用力的挣扎着。待至我伸出手去，还没抱住玳瑁，女工的手一松，玳瑁溜走了。

它不再到厨房里去，只在楼上叫着，寻觅着。

几点钟后，我们只得把玳瑁的小孩们送回楼上。它们显然也和玳瑁似的在忍受着饥饿和痛苦。

玳瑁又静默了。不到十分钟，我们已看不见它的小孩们的影子。现在可不必再费气力，谁也不会知道它们的所在。

有一天一夜，玳瑁没有动过厨房里的饭。以后几天，它也只在夜里，待大家睡了以后到厨房里去。

我们还想设法带玳瑁出来，但是母亲说：

“随它去吧，这样有灵性的猫，哪里会不晓得我们要离开这里。要出去，自然不会躲开的。你们看它，父亲过世以后，再也不忍走进那两间房里，并且几天没有吃饭，明明在非常的伤心。现在怕是还想在这里陪伴你们父亲的灵魂呢。它原是你父亲的。”

我们也只好随玳瑁自己了。它显然比我们还舍不得父亲，舍不得父亲所住过的房子，走过的路以及手所抚摸过的一切。父亲的声音，父亲的形象，父亲的气息，应该都还深刻地萦绕在它的脑中。

可怜的玳瑁，它比我们还爱父亲！

然而玳瑁也太凄惨了，以后还有谁再像父亲似的按时给它好的食物，而且慈爱地抚摩着它，像对人说话似的一声声地叫它“玳瑁”呢？

离家的那天早晨，母亲曾经给它留下了许多给孩子吃的稀饭在厨房里。门虽然锁着，玳瑁应该仍然晓得走进去。

邻居们也曾经答应代我们给它饲料。然而又怎能和父亲在的时候相比呢?

现在距我们离家的时候又已一月多了。玳瑁应该很健康着，它的小孩们也该是很活泼可爱了吧?

我希望能再见到父亲的玳瑁。

因为只有玳瑁是和父亲的灵魂永久同在着的。

第五辑

岁月，太匆匆

回忆是生命的礼物

插田

叶紫

失业，生病，将我第一次从嚣张的都市驱逐到那幽静的农村。我想，总该能安安闲闲地休养几日吧。

这时候，是阴历四月的初旬——农忙的插田的节气。

我披着破大衣踱出我的房门来，田原上早已充满劳作的歌声了。通红的肿胀的太阳，映出那些弯腰的斜长的阴影，轻轻地移动着。碧绿的秧禾，在粗黑的农人们的手中微微地颤抖。一把一把地连根拔起来，用稻草将中端扎着，堆进那高大的秧箩，挑到田原中分散了。

我的心中，充满着一种轻松的，幽雅而闲静的欢愉，贪婪地听取他们悠扬的歌曲。我在他们的那乌黑的脸膛上，隐约地，可以看出一种不可言喻的、高兴的心情来。我想：

“是呀！小人望过年，大人望插田！……这原是他们一年巨大的希望的开头呢……”

我轻轻地走过去。在秧田里第一个看见和我点头招呼的，便是那雪白胡须的四公公，他今年已经七十三岁了，还肯那么高兴地跟着儿孙们扎草挑秧，这是多么伟大的农人的劳力啊！

“四公公，还能弯腰吗？”我半玩笑半关心地问他。

“怎么不能呀！‘农夫不下力，饿死帝王君’呢。先生！”他骄傲地笑着，用一对小眼珠子在我的身上打望了一遍，”好些了？……”

“是的，好些了。不过腰还是有些……”

“那总会好的罗！”他又弯腰拔他的秧去了。

我站着看了一会，在他们那种高兴的、辛勤的劳动中，使我深深地感到自家年来生活的卑微和厌倦了。东浮西荡，什么东西都毫无长进的，而身体，又是那样的受到许多沉重的创伤；不能按照自家的心思做事，又不会立业安家，有时甚至连一个人的衣食都难于温饱，有什么东西能值得向他们夸耀呢？……而他们，一天到晚，田中，山上，微漪的、淡绿的湖水，疏云的、辽阔的天际！唱自家爱唱的歌儿，谈自家开心的故事。忧？愁？……夜间的、酣甜的呓梦！……

我开始羡慕他们起来。我觉得，我连年都市的飘流，完全错了；我不应该在那样的骷髅群中去寻求生路的，我应该回到这恬静的农村中来。我应该同他们一样，用自家的辛勤劳力，争取自家的应得的生存；我应该不闻世事，我应该……

田中的秧已经慢慢地拔完了，我还更加着力地在想着我的心思。当他们个别抬头休息的时候，小康——四公公的那个精明的小孙子，向我偷偷地将舌头伸出着，顽皮地指了一下那散满了秧扎的田中，笑了：

“去吗？……高兴吗？……”

不知道是哪里来的兴趣，使我突然忘记了腰肢的痛楚，脱下了鞋袜和大衣，想同他们插起田来。我的白嫩的脚掌踏着那坚牢的田塍，感到针刺般的酸痛。然而，我却竭力地忍耐着，艰难地跟着他们下到了那水混的田中。

四公公几乎笑出眼泪来了。他拿给我一把秧，教会我一个插田的脚步和姿势，就把我送到那最外边的一层，顺着他们里边的行列，倒退着，插起秧来。

“当心坐到水上呀！……”

“不要同我们插‘烟壶脑壳’呢！……”

“好了！好了，脚插到阴泥中拔不出来了！”

我受着他们的嘲笑，站稳了架子，细心地考察一遍他们的手法，似乎觉得自家所插的列子也还不差。这一下就觉得心中非常高兴了。插田，我的动作虽然慢，却还并不见得是怎样艰难的事情啊！

四公公越到我的前头来了——他已经比我快过了一个长行。他抬头站了一站，我便趁这个机会像夸张自家的能干般地和他攀谈起来。

“我插的行吗？四公公！”

“行！”四公公笑了一笑，但即刻又皱着眉头说：“读书人，干这些事情总不大合适呀！对吗？……”

“不，四公公，我是想试试看呢，我看我能不能插秧！我想……唔，四公公，我想回到乡下来种田呀！”

“种田？……王先生，你别开玩笑呢！”

“真的呀！还是种田的好些，……我想。”

四公公的脸上阴郁起来了，他呆呆地站在田中，用小眼珠子惊异地朝我侦察着我的话是否真实。我艰难地移近着他的身边，就开始说起我那高兴农人生活的理由来，我大声地骂了一通都市人们的罪恶，又说了许多读书人的卑鄙、下流，……然后，正当欲颂赞他们生活的清高的时候，四公公便突然地打断了我的话头：

“得啦！先生，你为什么竟说出这样的话来呢？……”他朝儿孙们打望了一下，摸着胡子，凄然地撒掉手中的残秧。“在我们，原没有办法的，明知种田是死路，但也只得种！有什么旁的生涯给我们做得呢？‘命中注定八合米，走尽天下不满升。’……而先生，你……读书人，高升的门路几多啊！你还真的说这种话，……你以为，唉！先生，这田中的收成都能归我们自家？……”

他咽住了一口气，用手揉揉那湿润的小眼睛，摇头没有再说下去了。他的胡子悲哀地随风飘动着，有一粒晶莹的泪珠子顺着他那眼角的深深的皱纹爬将下来。

儿孙们都停了手中的工作，朝我们怔住了：

“怎么啦？公公。”

“没有怎么！”他叹一声气。忽然，似乎觉到了今天原是头一次插田，应该忌讳不吉利的话似的，又朝我打望了一下，顺手揩掉那晶莹的泪珠子，勉强装成一副难堪的笑容，弯腰拾起着秧禾，将话头岔到旁的地方去：

“等等，先生，请你到我们家中吃早饭去，……人，生在世上，总应该勤劳，……”

我没有再听出他底下说的是什么话来，痴呆地、羞惭地站在那里，但着他祖孙们手中的秧禾和那矫捷的插田的动作……“死路”。“高升的门路！”……我觉得有一道冰凉的流电，从水里通过我的脚干，而曲曲折折地传到我的全身！……

我的腰肢，开始痛得更加厉害了。

半日的游程

郁达夫

去年有一天秋晴的午后，我因为天气实在好不过，所以就搁下了当时正在赶着写的一篇短篇的笔，从湖上坐汽车驰上了江干。在儿时习熟的海月桥、花牌楼等处闲走了一阵，看看青天，看看江岸，觉得一个人有点寂寞起来了，索性就朝西直上，一口气便走到了二十几年前曾在那里度过半年学生生活的之江大学的山中。二十年的时间的印迹，居然处处都显示了面形：从前的一片荒山，几条泥路，与夫乱石幽溪，草房藩溷，现在都看不见了。尤其要使人感觉到我老何堪的，是在山道两旁的那一排青青的不凋冬树；当时只同豆苗似的几根小小的树秧，现在竟长成了可以遮蔽风雨、可以掩障烈日的长林。不消说，山腰的平处，这里那里，一所所的轻巧而经济的住宅，也添造了许多；像在画里似的附近山川的大致，虽仍依阳，但校址的周围，变化却竟簇生了不少。第一，从前在大礼堂前的那一丝空地，本来是下临绝谷的半边山道，现在却已将面前的深谷填平，变成了一大球场。大礼堂西北的略高之处，本来足有几枝被朔风摧折得弯腰屈背的老树孤立在那里的，现在却建筑起了三层的图书文库了。二十年的岁月！三千六百日的两倍的七千二百的日子！以这一短短的时节，来比起天地的悠长来，原不过是像白驹的过隙，但是时间的威力，究竟是绝对的暴君，曾日月之几何，我这一个本在这些荒山野径里驰骋过的毛头小子，现在也竟垂垂老了。

一路上走着看着，又微微地叹着，自山的脚下，走上中腰，我竟费去了三十来分钟的时刻。半山里是一排教员的住宅，我的此来，原因为在湖上在江干孤独得怕了，想来找一位既是同乡，又是同学，而自美国回来之后就在这母校里服务的胡君，和他来谈谈过去，赏赏清秋，并且也可以由他这里来探到一点故乡的消息的。

两个人本来是上下年纪的小学校的同学，虽然在这二十几年中见面的机会不多，但或当暑假，或在异乡，偶尔遇着的时候，却也有一段不能自已的柔情，油然会生起在各个的胸中。我的这一回的突然的袭击，原也不过是想使他惊骇一下，用以加增加增亲热的效力的企图；升堂一见，他果然是被我骇倒了。

“真难得！你是几时上杭州来的？”他惊笑着问我。

“来了已经多日了，我因为想静静地写一点东西，所以朋友们都还没有去看过。今天实在天气太好了，在家里坐不住，因而一口气就跑到了这里。”

“好极！好极！我也正在打算出去走走，就同你一道上溪口去吃茶去罢，沿钱塘江到溪口去的一路的风景，实在是不错！”

沿溪入谷，在风和日暖，山近天高的田塍道上，二人慢慢地走着，谈着，走到九溪十八涧的口上的时候，太阳已经斜到了去山不过丈来高的地位了。在溪房的石条上坐落，等茶庄里的老翁去起茶煮水的中间，向青翠还像初春似的四山一看，我的心坎里不知怎么，竟充满了一股说不出的飒爽的清气。两人在路上，说话原已经说得很多了，所以一到茶庄，都不想再说下去，只瞪目坐着，在看四周的山和脚下的水，忽而嘘朔朔朔的一声，在半天里，晴空中一只飞鹰，像霹雳似的叫过了，两山的回音，更缭绕地震动了许多时。我们两人头也不仰起来，只竖起耳朵，在静听着这鹰声的响过。回响过后，两人不期而遇地将视线凑集了拢来，更同时破颜发了一脸微笑，也同时不谋而合的叫了出来说：“真静啊！”

“真静啊！”

等老翁将一壶茶搬来，也在我们边上的石条上坐下，和我们攀谈了几句之后，我才开始问他说：“久住在这样寂静的山中，山前山后，一个人也没有得看见，你们倒也不觉得怕的么？”

“怕啥东西？我们又没有龙连（钱），强盗绑匪，难道肯到孤老院里来讨饭吃的么？并且春三二月，外国清明，这里的游客，一天也有好几千。冷清的，就只不过这几个月。”

我们一面喝着清茶，一面只在贪味着这阴森得同太古似的山中的寂静，不知不觉，竟把摆在桌上的四碟糕点都吃完了，老翁看了我们的食欲的旺盛，就又推荐着他们自造的西湖藕粉和桂花糖说：“我们的出品，非但在本省口碑载道，就是外省，也常有信来邮购的，两位先生冲一碗尝尝看如何？”

大约是山中的清气，和十几里路的步行的结果罢，那一碗看起来似鼻涕，吃起来似泥沙的藕粉，竟使我们嚼出了一种意外的鲜味。等那壶龙井芽茶，冲得已无茶味，而我身边带着的一封绞盘牌也只剩了两枝的时节，觉得今天是行得特别快的那轮秋日，早就在西面的峰旁躲去了。谷里虽掩下了一天阴影，而对面东首的山头，还映得金黄浅碧，似乎是山灵在预备去赴夜宴而铺陈着浓装的样子。我昂起了头，正在赏玩着这一幅以青天为背景的夕照的秋山，忽所见耳旁的老翁以富有抑扬的杭州土音计算着账说：“一茶，四碟，二粉，五千文！”

我真觉得这一串话是有诗意极了，就回头来叫了一声说：

“老先生！你是在对课呢？还是在做诗？”

他倒惊了起来，张圆了两眼呆视着问我：

“先生你说啥话语？”

“我说，你不是在对课么？三竺六桥，九溪十八涧，你不是对上了‘一茶四碟，二粉五千文’了么？”

说到了这里，他才摇动着胡子，哈哈地大笑了起来，我们也一道笑了。付账起身，向右走上了去理安寺的那条石砌小路，我们俩在山嘴将转弯的时候，三人的呵呵呵呵的大笑的余音，似乎还在那寂静的山腰，寂静的溪口，作不绝如缕的回响。

移家琐记

郁达夫

一

“流水不腐”，这是中国人的俗话，“Stagnant Pond”，这是外国人形容固定的颓毁状态的一个名词。在一处羁住久了，精神上习惯上，自然会生出许多霉烂的斑点来。更何况洋场米贵，狭巷人多，以我这一个穷汉，夹杂在三百六十万上海市民的中间，非但汽车、洋房、跳舞、美酒等文明的洪福享受不到，就连吸一口新鲜空气，也得走十几里路。移家的心愿，早就有了；这一回却因朋友之介，偶尔在杭城东隅租着一所适当的闲房，筹谋计算，也张罗拢了二三百块洋钱，于是这很不容易成就的戋戋私愿，竟也猫猫虎虎地实现了。小人无大志，蜗角亦乾坤，触蛮鼎定，先让我来谢天谢地。

搬来的那一天，是春雨霏微的星期二的早上，为计时日的正确，只好把一段日记抄在下面：

> 一九三三年四月廿五（阴历四月初一），星期二。晨，五点起床，窗外下着蒙蒙的时雨，料理行装等件，赶赴北站，衣帽尽湿。携女人儿子及一仆妇登车，在不断的雨丝中，向西进发。野景正妍，除白桃花、菜花、棋盘花外，田野里只一片嫩绿，浅淡尚带鹅黄，此番因自上海移居杭州，故行李较多，视孟东野稍为富有，沿途上落，被无产同胞的搬运夫，敲刮去了不少。午后一点到杭州城站，雨势正盛，在车上蒸干之衣帽，又涔涔湿矣。

新居在浙江图书馆侧面的一堆土山旁边，虽只东倒西斜的三间旧屋，但比起上海的一楼一底的弄堂洋房来，究竟宽敞得多了，所以一到寓居，就开始做室内装饰的工作。沙发是没有的，镜屏是没有的，红木器具，壁画纱灯，一概没有。几张板桌，一架旧书，在上海时，塞来塞去，只觉得没地方塞的这些铜烂铁，一到了杭州，向三间连通的矮厅上一摆，看起来竟空空洞洞，像煞是沧海中间的几颗粟米了。最后装上壁去的，却是上海八云装饰设计公司送我的一块石膏圆面。塑制者是江山徐葆蓝氏，面上刻出的是圣经里马利马格大伦的故事。看来看去，在我这间黝暗矮阔的大厅陈设之中，觉得有一点生气的，就只是这一块同深山白雪似的小小的石膏。

二.

向晚雨歇，电灯来了。灯光灰暗不明，问先搬来此地住的王母以“何不用个亮一点的灯球”？方才知道朝市而今虽不是秦，但杭州一隅，也决不是世外的桃源，这样要捐，那样要税，居民的负担，简直比世界哪一国的首都，都加重了；即以电灯一项来说，每一个字，在最近也无法地加上了好几成的特捐。“烽火满天殍满地，儒生何处可逃秦？”这是几年前做过的叠秦韵的两句山歌，我听了这些话后，嘴上虽则不念出来，但心里却也私地转想了好几次。腹诽若要加刑，则我这一篇琐记，又是自己招认的供状了，罪过罪过。

三更人静，门外的巷里忽传来了些笃笃笃的敲小竹梆的哀音。问是什么？说是卖馄饨圆子的小贩营生。往年这些担头很少，现在却冷街僻巷，都有人来卖到天明了，百业的凋敝，城市的萧条，这总也是民不聊生的一点点的实证吧？

新居落寞，第一晚睡在床上，翻来覆去，总睡不着觉。夜半挑灯，就只好拿出一本新出版的《两地书》来细读。有一位批评家说，作者的私记，我们没有阅读的义务。当时我对这话，倒也佩服得五体投地，所以书店来要我出书简集的时候，我就坚决地谢绝了，并且还想将一本为无钱过活之故而拿去出卖的日记都教他们毁版，以为这些东西，是只好于死后，让他人来替我印行的；但这次将鲁迅先生和密斯许的书简集来一读，则非但对那位批评家的信念完全失掉，并且还在这一部两人的私记里，看出了许多许多平时不容易看到的社会黑暗面来。至如鲁迅先生的诙谐愤俗的气概，许女士的诚实庄严的风度，还是在长书短简里自然流露的余音，由我们熟悉他们的人看来，当然更是味中有味，言外有情，可以不必提起，我想就是绝对不认识他们的人，读了这书至少也可以得到几多的教训，私记私记，义务云乎哉？

从半夜读到天明，将这《两地书》读完之后，已经觉得愈兴奋了，六点敲过，就率性走到楼下去洗了一洗手脸，换了一身衣服，踏出大门，打算去把这杭城东隅的清晨朝景，看它一个明白。

三.

夜来的雨，是完全止住了，可是外貌像马加弹姆式的沙石马路上，还满涨着淤泥，天上也还浮罩着一层明灰的云幕。路上行人稀少，老远老远，只看得见一部慢慢在向前拖走的人力车的后形。从狭巷里转出东街，两旁的店家，也只开了一半，连挑了菜在沿街赶早市的农民，都像是没有灌气的橡皮玩具。四周一看，萧条复萧条，衰落又衰落，中国的农村，果然是破产了，但没有实业生产机关，没有和平保障的像杭州一样的小都市，又何尝不在破产的威胁上战栗着待毙呢？中国目下的情形，大抵总是农村及小都市的有产者，集中到大都会去。在大都会的帝国主义保护之下变成殖民地的新资本家，或变成军阀官僚的附属品的少数者，总算是找着了出路。他们的货财，会愈积而愈多，同时为他们所牺牲的同胞，当然也要加速度地倍加起来。结果就变成这样的一个公式：农村中的有产者集中小都市，小都市的有产者集中大都会，等到资产化尽，而生财无道的时候，则这些素有恒产的候鸟就又得倒转来从大都会而小都市而仍返农村去作贫民。辗转循环，丝毫不爽，这情形已经继续了二三十年了，再过五年十年之后的社会状态，自然可以不卜而知了啦，社会的症结究在那里？唯一的出路究在那里？难道大家还不明白么？空喊着抗日抗日，又有什么用处？

一个人在大街上踱着想着，我的脚步却于不知不觉的中间，开了倒车，几个弯儿一绕，竟又将我自己的身体，搬到了大学近旁的一条路上来了。向前面看过去，又是一堆土山。山下是平平的泥路和浅浅的池塘。这附近一带，我儿时原也来过的。二十几年前头，我有一位亲戚曾在报国寺里当过军官，更有一位哥哥，曾在陆军小学堂里当过学生。既然已经回到了寓居的附近，那就爬上山去看它一看吧，好在一晚没有睡觉，头脑还有点儿糊涂，登高望望四境，也未始不是一帖清凉的妙药。

天气也渐渐开朗起来了，东南半角，居然已经露出了几点青天和一丝白日。土山虽则不高，但眺望倒也不坏。湖上的群山，环绕的西北的一带，再北是空间，更北是湖外境内地发祥的青山了。东面迢迢，看得见的，是临平山，皋亭山，黄鹤山之类的连峰叠嶂。再偏东北行，大约是唐栖上的超山山影，看去虽则不远，但走走怕也有半日好走哩。在土山上环视了一周，由远及近，用大量观察法来一算，我才明白了这附近的地理。原来我那新寓，是在军装局的北方，而三面的土山，系遥接着城墙，围绕在军装局的匡外的。怪不得今天破晓的时候，还听见了一阵喇叭的吹唱，怪不得走出新寓的时候，还看见了一名荷枪直立的守卫士兵。

“好得很！好得很！……”我心里在想，“前有图书，后有武库，文武之道，备于此矣！”我心里虽在这样的自作有趣，但一种没落的感觉，一种不能再在大都会里插足的哀思，竟渐渐地渐渐地溶浸了我的全身。

巴黎的鳞爪（节选）

徐志摩

咳巴黎！到过巴黎的一定不会再稀罕天堂；尝过巴黎的，老实说，连地狱都不想去了。整个的巴黎就像是一床野鸭绒的垫褥，衬得你通体舒泰，硬骨头都给熏酥了的——有时许太热一些。那也不碍事，只要你受得住。赞美是多余的，正如赞美天堂是多余的；咒诅也是多余的，正如咒诅地狱是多余的。巴黎，软绵绵的巴黎，只在你临别的时候轻轻地嘱咐一声“别忘了，再来！”其实连这都是多余的。谁不想再去？谁忘得了？

香草在你的脚下，春风在你的脸上，微笑在你的周遭。不拘束你，不责备你，不督饬你，不窘你，不恼你，不揉你。它搂着你，可不缚住你：是一条温存的臂膀，不是根绳子。它不是不让你跑，但它那招逗的指尖却永远在你的记忆里晃着。多轻盈的步履，罗袜的丝光随时可以沾上你记忆的颜色！

但巴黎却不是单调的喜剧。赛因河的柔波里掩映着罗浮宫的倩影，它也收藏着不少失意人最后的呼吸。流着，温驯的水波；流着，缠绵的恩怨。咖啡馆：和着交颈的软语，开怀的笑响，有踞坐在屋隅里蓬头少年计较自毁的哀思。跳舞场：和着翻飞的乐调，迷醇的酒香，有独自支颐的少妇思量着往迹的怆心。浮动在上一层的许是光明，是欢畅，是快乐，是甜蜜，是和谐；但沉淀在底里阳光照不到的才是人事经验的本质：说重一点是悲哀，说轻一点是惆怅：谁不愿意永远在轻快的流波里漾着，可得留神了你往深处去时的发见！

一天，一个从巴黎来的朋友找我闲谈，谈起了劲，茶也没喝，烟也没吸，一直从黄昏谈到天亮，才各自上床去躺了一歇，我一合眼就回到了巴黎，方才朋友讲的情境惝恍的把我自己也缠了进去；这巴黎的梦真醇人，醇你的心，醇你的意志，醇你的四肢百体，那味儿除是亲尝过的谁能想象！——我醒过来时还是迷糊的忘了我在那儿，刚巧一个小朋友进房来站在我的床前笑吟吟喊我“你做什么梦来了，朋友，为什么两眼潮潮的像哭似的？”我伸手一摸，果然眼里有水，不觉也失笑了——

可是朝来的梦，一个诗人说的，同是这悲凉滋味，正不知这泪是为那一个梦流的呢！

下面写下的不成文章，不是小说，不是写实，也不是写梦，——在我写的人只当是随口曲，南边人说的“出门不认货”，随你们宽容的读者们怎样看罢。

出门人也不能太小心了。走道总得带些探险的意味。生活的趣味大半就在不预期的发见，要是所有的明天全是今天刻板的化身，那我们活什么来了？正如小孩子上山就得采花，到海边就得捡贝壳，书呆子进图书馆想捞新智慧——出门人到了巴黎就想……

你的批评也不能过分严正不是？少年老成——什么话！老成是老年人的特权，也是他们的本分；说来也不是他们甘愿，他们是到了年纪不得不。少年人如何能老成？老成了才是怪哪！

放宽一点说，人生只是个机缘巧合；别瞧日常生活河水似的流得平顺，它那里面多的是潜流，多的是旋涡——轮着的时候谁躲得了给卷了进去？那就是你发愁的时候，是你登仙的时候，是你辨着酸的时候，是你尝着甜的时候。

巴黎也不定比别的地方怎样不同：不同就在那边生活流波里的潜流更猛，旋涡更急，因此你叫给卷进去的机会也就更多。

我赶快得声明我是没有叫巴黎的旋涡给淹了去——虽则也就够险。多半的时候我只是站在赛因河岸边看热闹，下水去的时候也不能说没有，但至多也不过在靠岸清浅处溜着，从没敢往深处跑——这来旋涡的纹螺，势道，力量，可比远在岸上时认清楚多了。

九小时的萍水缘

我忘不了她。她是在人生的急流里转着的一张萍叶，我见着了它，掬在手里把玩了一晌，依旧交还给它的命运，任它飘流去——它以前的飘泊我不曾见来，它以后的飘泊，我也见不着，但就这曾经相识匆匆的恩缘——实际上我与她相处不过九小时——已在我的心泥上印下踪迹，我如何能忘，在忆起时如何能不感须臾的惆怅？

那天我坐在那热闹的饭店里瞥眼看着她，她独坐在灯光最暗漆的屋角里，这屋内哪一个男子不带媚态，哪一个女子的胭脂口上不沾笑容，就只她：穿一身淡素衣裳，戴一顶宽边的黑帽，在髻密的睫毛上隐隐闪亮着深思的目光——我几乎疑心她是修道院的女僧偶尔到红尘里随喜来了。我不能不接着注意她，她的别样的支颐的倦态，她的曼长的手指，她的落漠的神情，有意无意间的叹息，在在都激发我的好奇——虽则我那时左边已经坐下了一个瘦的，右边来了肥的，四条光滑的手臂不住的在我面前晃着酒杯。但更使我奇异的是她不等跳舞开始就匆匆的出去了，好像害怕或是厌恶似的。第一晚这样，第二晚又是这样：独自默默的坐着，到时候又匆匆的离去。到了第三晚她再来的时候我再也忍不住不想法接近她。第一次得着的回音，虽则是“多谢好意，我再不愿交友”的一个拒绝，只是加深了我的同情的好奇。我再不能放过她。巴黎的好处就在处处近人情；爱慕的自由是永远容许的。你见谁爱慕谁想接近谁，决不是犯罪，除非你在经程中泄漏了你的尘气暴气，陋相或是贫相，那不是文明的巴黎人所能容忍的。只要你“识相”，上海人说的，什么可能的机会你都可以利用。对方人理你不理你，当然又是一回事；但只要你的步骤对，文明的巴黎人决不让你难堪。

我不能放过她。第二次我大胆写了个字条付中间人——店主人——交去。我心里直怔怔的怕讨没趣。可是回话来了——她就走了，你跟着去吧。

她果然在饭店门口等着我。

你为什么一定要找我说话，先生，像我这再不愿意有朋友的人？

她张着大眼看我，口唇微微的颤着。

我的冒昧是不望恕的，但是我看了你忧郁的神情我足足难受了三天，也不知怎的我就想接近你，和你谈一次话，如其你许我，那就是我的想望，再没有别的意思。

真的她那眼内绽出了泪来，我话还没说完。

想不到我的心事又叫一个异邦人看透了……她声音都哑了。

我们在路灯的灯光下默默的互注了一晌，并着肩沿马路走去，走不到多远她说不能走，我就问了她的允许雇车坐上，直往波龙尼大林园清凉的暑夜里兜去。

原来如此，难怪你听了跳舞的音乐像是厌恶似的，但既然不愿意何以每晚还去？

那是我的感情作用；我有些舍不得不去，我在巴黎一天，那是我最初遇见——他的地方，但那时候的我……可是你真的同情我的际遇吗，先生？我快有两个月不开口了，不瞒你说，今晚见了你我再也不能制止，我爽性说给你我的生平的始末吧，只要你不嫌。我们还是回那饭庄去罢。

你不是厌烦跳舞的音乐吗？

她初次笑了。多齐整洁白的牙齿，在道上的幽光里亮着！

有了你我的生气就回复了不少，我还怕什么音乐？

我们俩重进饭庄去选一个基角坐下，喝完了两瓶香槟，从十一时舞影最凌乱时谈起，直到早三时客人散尽侍役打扫屋子时才起身走，我在她的可怜身世的演述中遗忘了一切，当前的歌舞再不能分我丝毫的注意。

下面是她的自述。

我是在巴黎生长的。我从小就爱读天方夜谭的故事，以及当代描写东方的文学；啊东方，我的童真的梦魂哪一刻不在它的玫瑰园中留恋？十四岁那年我的姊姊带我上北京去住，她在那边开一个时式的帽铺，有一天我看见一个小身材的中国人来买帽子，我就觉着奇怪，一来他长得异样的清秀，二来他为什么要来买那样时式的女帽；到了下午一个女太太拿了方才买去的帽子来换了，我姊姊就问她那中国人是谁，她说是她的丈夫，说开了头她就讲她当初怎样为爱他触怒了自己的父母，结果断绝了家庭和他结婚，但她一点也不追悔因为她的中国丈夫待她怎样好法，她不信西方人会得像他那样体贴，那样温存。我再也忘不了她说话时满心怡悦的笑容。从此我仰慕东方的私衷又添深了一层颜色。

我再回巴黎的时候已经长成了，我父亲是最宠爱我的，我要什么他就给我什么。我那时就爱跳舞，啊，那些迷醉轻易的时光，巴黎哪一处舞场上不见我的舞影。我的妙龄，我的颜色，我的体态，我的聪慧，尤其是我那媚人的大眼——啊，如今你见的只是悲惨的余生再不留当时的丰韵——制定了我初期的堕落。我说堕落不是？是的，堕落，人生哪处不是堕落，这社会哪里容得一个有姿色的女人保全她的清洁？我正快走入险路的时候，我那慈爱的老父早已看出我的倾向，私下安排了一个机会，叫我与一个有爵位的英国人接近。一个十七岁的女子哪有什么主意，在两个月内我就做了新娘。

说起那四年结婚的生活，我也不应得过分的抱怨，但我们欧洲的势利的社会实在是树心里生了蠹，我怕再没有回复健康的希望。我到伦敦去做贵妇人时我还是个天真的孩子，哪有什么机心，哪懂得虚伪的卑鄙的人间的底里，我又是个外国人，到处遭受嫉忌与批评。还有我那叫名的丈夫。他娶我究竟有什么动机我始终不明白，许贪我年轻贪我貌美带回家去广告他自己的手段，因为真的我不曾感着他一息的真情；新婚不到几时他就对我冷淡了，其实他就没有热过，碰巧我是个傻孩子，一天不听着一半句软语，不受些温柔的怜惜，到晚上我就不自制的悲伤。他有的是钱，有的是趋奉谄媚，成天在外打猎作乐，我愁了不来慰我，我病了不来问我，连着三年抑郁的生涯完全消灭了我原来活泼快乐的天机，到第四年实在耽不住了，我与他吵一场回巴黎再见我父亲的时候，他几乎不认识我了。我自此就永别了我的英国丈夫。因为虽则实际的离婚手续在他方面到前年方始办理，他从我走了后也就不再来顾问我——这算是欧洲人夫妻的情分！

我从伦敦回到巴黎，就比久困的雀儿重复飞回了林中，眼内又有了笑，脸上又添了春色，不但身体好多，就连童年时的种种想望又在我心头活了回来。三四年结婚的经验更叫我厌恶西欧，更叫我神往东方。东方，啊，浪漫的多情的东方！我心里常常的怀念着。有一晚，那一个运定的晚上，我就在这屋子内见着了他，与今晚一样的歌声，一样的舞影，想起还不就是昨天，多飞快的光阴，就可怜我一个单薄的女子，无端叫运神摆布，在情网里颠连，在经验的苦海里沉沦，朋友，我自分是已经埋葬了的活人，你何苦又来逼着我把往事掘起，我的话是简短的，但我身受的苦恼，朋友，你信我，是不可量的；你望我的眼里看，凭着你的同情你可以在刹那间领会我灵魂的真际！

他是菲利滨[1]人，也不知怎的我初次见面就迷了他。他肤色是深黄的，但他的性情是不可信的温柔；他身材是短的，但他的私语有多叫人魂销的魔力？啊，我到如今还不能怨他；我爱他太深，我爱他太真，我如何能一刻忘他，虽则他到后来也是一样的薄情，一样的冷酷。你不倦幺，朋友，等我讲给你听？

我自从认识了他我便倾注给他我满怀的柔情，我想他，那负心的他，也够他的享受，那三个月神仙似的生活！我们差不多每晚在此聚会的。秘谈是他与我，欢舞是他与我，人间再有更甜美的经验吗？朋友你知道痴心人赤心爱恋的疯狂吗？因为不仅满足了我私心的想望，我十多年梦魂缭绕的东方理想的实现。有他我什么都有了，此外我更有什么沾恋？因此等到我家里为这事情与我开始交涉的时候，我更不踌躇的与我生身的父母根本决绝。

我此时又想起了我垂髫时在北京见着的那个嫁中国人的女子，她与我一样也为了痴情牺牲一切，我只希冀她这时还能保持着她那纯爱的生活，不比我这失运人成

[1] 菲利滨

天在幻灭的辛辣中回味。

我爱定了他。他是在巴黎求学的，不是贵族，也不是富人，那更使我放心，因为我早年的经验使我迷信真爱情是穷人才能供给的。谁知他骗了我——他家里也是有钱的，那时我在热恋中抛弃了家，牺牲了名誉，跟了这黄脸人离却巴黎，辞别欧洲，经过一个月的海程，我就到了我理想的灿烂的东方。啊，我那时的希望与快乐！但才出了红海，他就上了心事，经我再三的逼，他才告诉他家里的实情，他父亲是菲利滨最有钱的土著，性情是极严厉的，他怕轻易不能收受我进他们的家庭。我真不愿意把此后可怜的身世烦你的听，朋友，但那才是我痴心人的结果，你耐心听着吧！

东方，东方才是我的烦恼！我这回投进了一个更陌生的社会，呼吸更沉闷的空气；他们自己中间也许有他们温软的人情，但轮着我的却一样还只是猜忌与讥刻，更不容情的刺袭我的孤独的性灵。果然他的家庭不容我进门，把我看作一个“巴黎淌来的可疑的妇人”。我为爱他也不知忍受了多少不可忍的侮辱，吞了多少悲泪，但我自慰的是他对我不变的恩情。因为在初到的一时他还是不时来慰我——我独自赁屋住着。但慢慢的也不知是人言浸润还是他原来爱我不深，他竟然表示割绝我的意思。

朋友，试想我这孤身女子牺牲了一切为的还不是他的爱，如今连他都离了我，那我更有什么生机？我怎的始终不曾自毁，我至今还不信，因为我那时真的是没路走了。我又没有钱，他狠心丢了我，我如何能再去缠他，这也许是我们白种人的倔强，我不久便揩干了眼泪，出门去自寻活路。我在一个菲美合种人的家里寻得了一个保姆的职务；天幸我生性是耐烦领小孩的——我在伦敦的日子没孩子管，我就养猫弄狗——救活我的是那三五个活灵的孩子，黑头发短手指的乖乖。在那炎热的岛上我是过了两年没颜色的生活，得了一次凶险的热病，从此我面上再不存青年期的光彩。我的心境正稍稍回复平衡的时候两件不幸的事情又临着了我：一件是我那他与另一女子的结婚，这消息使我昏绝了过去，一件是被我弃绝的慈父也不知怎的问得了我的踪迹，来电说他老病快死要我回去。啊，天罚我！等我赶回巴黎的时候正好赶着与老人诀别，忏悔我先前的造孽！

从此我在人间还有什么意趣？我只是个实体的鬼影，活动的尸体；我的心也早就死了，再也不起波澜；在初次失望的时候我想象中还有个辽远的东方，但如今东方只在我的心上留下一个鲜明的新伤，我更有什么希冀，更有什么心情？但我每晚还是不自主的到这饭店里来小坐，正如死去的鬼魂忘不了他的老家！我这一生的经验本不想再向人前吐露的，谁知又碰着了你，苦苦的追着我，逼我再一度撩拨死尽的火灰，这来你够明白了，为什么我老是这落漠的神情，我猜你也是过路的客人，我深深自幸又接近一次人情的温慰，但我不敢希望什么，我的心是死定了的，时候也不早了，你看方才舞影凌乱的地板上现在只剩一片冷淡的灯光，侍役们已经收拾干净，我们也该走了，再会吧，多情的朋友！

失眠之夜

萧红

为什么要失眠呢！烦躁，恶心，心跳，胆小，并且想要哭泣。

我想想，也许就是故乡的思虑罢。

窗子外面的天空高远了，和白棉一样绵软的云彩低近了，吹来的风好像带点草原的气味，这就是说已经是秋天了。

在家乡那边，秋天最可爱。

蓝天蓝得有点发黑，白云就像银子做成一样，就像白色的大花朵似的点缀在天上；就又像沉重得快要脱离开天空而坠了下来似的，而那天空就越显得高了，高得再没有那么高的。

昨天我到朋友们的地方走了一遭，听来了好多的心愿——那许多心愿综合起来，又都是一个心愿——

这回若真的打回满洲去，有的说，煮一锅高粱米粥喝；有的说，咱家那地豆多么大！说着就用手比量着，这么碗大；珍珠米，老得一煮就开了花的，一尺来长的；还有的说，高粱米粥、咸盐豆。还有的说，若真的打回满洲去，三天二夜不吃饭，打着大旗往家跑。跑到家去自然也免不了先吃高粱米粥或咸盐豆。

比方高粱米那东西，平常我就不愿吃，很硬，有点发涩，（也许因为我有胃病的关系），可是经他们这一说，也觉得非吃不可了。

但是什么时候吃呢？那我就不知道了。何况我到底是不怎样热烈的，所以关于这一方面，我终究不怎样亲切。

但我想我们那门前的蒿草，我想我们那后园里开着的茄子的紫色的小花，黄瓜爬上了架。而那清早，朝阳带着露珠一齐来了！

我一说到蒿草或黄瓜，三郎就向我摆手和摇头："不，我们家，门前是两棵柳树，树荫交织着做成个门形。再前面是菜园，过了菜园就是门。那金字塔形的山峰正向着我们家的门口，而两边像蝙蝠的翅膀似的向着村子的东方和西方伸展开去。而后园黄瓜、茄子也种着，最好看的是牵牛花在石头桥的缝隙爬遍了，早晨带着露水牵牛花开了……"

"我们家就不这样，没有高山，也没有柳树……只有……”我常常这样打断他。

有时候，他也不等我说完，他就接下去，我们讲的故事，彼此都好像是讲给自己听，而不是为着对方。

只有那么一天，买来了一张《东北富源图》挂在墙上了，染着黄色的平原上站着小马、小羊，还有骆驼，还有牵着骆驼的小人；海上就是些小鱼、大鱼、黄色的鱼、红色的好像小瓶似的大肚的鱼，还有黑色的大鲸鱼；而兴安岭和辽宁一带画着许多和海涛似的绿色的山脉。

他的家就在离着渤海不远的山脉中，他的指甲在山脉上爬着：“这是大凌河……这是小凌河……哼……没有，这个地图是个不完全的，是个略图……”

“好哇！天天说凌河，哪有凌河呢！”我不知为什么一提到家乡，常常愿意给他扫兴一点。

“你不相信！我给你看。”他去翻他的书橱去了，“这不是大凌河……小凌河……小孩的时候在凌河沿上捉小鱼，拿到山上去，在石头片上用火烤着吃……这边就是沈家台，离我们家二里路……”因为是把地图摊在地板上看的缘故，一面说着，他一面用手扫着他已经垂在前额的发梢。

《东北富源图》就挂在床头，所以第二天早晨，我一睁开了眼睛，他就抓住了我的手：

“我想将来我回家的时候，先买两匹驴，一匹你骑着，一匹我骑着……先到我姑姑家，再到我姐姐家……顺便也看看我的舅舅去……我姐姐很爱我……她出嫁以后，每回来一定就哭一次，姐姐也哭，我也哭……这有七八年不见了！也都老了。”

那地图上的小鱼，红的、黑的，都能够看清，我一边看着，一边听着，这一次我没有打断他，或给他扫一点兴。

“买黑色的驴，挂着铃子，走起来……铛啷啷啷啷啷啷……”他形容着铃音的时候，就像他的嘴里边含着铃子似的在响。

“我带你到沈家台去赶集。那赶集的日子，热闹！驴身上挂着烧酒瓶……我们那边，羊肉非常便宜……羊肉炖片粉……真是味道！唉呀！这有多少年没吃那羊肉啦！”他的眉毛和额头上起着很多皱纹。

我在大镜子里边看到了他，他的手从我的手上抽回去，放在他自己的胸上，而后又反背着放在枕头下面去，但很快地又抽出来，只理一理他自己的发梢又放在枕头上去。

而我，我想：

“你们家对于外来的所谓‘媳妇’也一样吗？”我想着这样说了。

这失眠大概也许不是因为这个。但买驴子的买驴子，吃咸盐豆的吃咸盐豆，而我呢？坐在驴子上，所去的仍是生疏的地方，我停着的仍然是别人的家乡。

家乡这个观念，在我本不甚切，但当别人说起来的时候，我也就心慌了！虽然那块土地在没有成为日本的之前，“家”在我就等于没有了。

这失眠一直继续到黎明之前，在高射炮的声中，我也听到了一声声和家乡一样的震抖在原野上的鸡鸣。

江南的冬景

郁达夫

凡在北国过过冬天的人，总都道围炉煮茗，或吃涮羊肉、剥花生米、饮白干的滋味。而有地炉、暖炕等设备的人家，不管它门外面是雪深几尺，或风大若雷，而躲在屋里过活的两三个月的生活，却是一年之中最有劲的一段蛰居异境；老年人不必说，就是顶喜欢活动的小孩子们，总也是个个在怀恋的，因为当这中间，有的萝卜、鸭儿梨等水果的闲食，还有大年夜、正月初一、元宵等热闹的节期。

但在江南，可又不同；冬至过后，大江以南的树叶，也不至于脱尽。寒风——西北风——间或吹来，至多也不过冷了一日两日。到得灰云扫尽，落叶满街，晨霜白得像黑女脸上的脂粉似的清早，太阳一上屋檐，鸟雀便又在吱叫，泥地里便又放出水蒸气来，老翁小孩就又可以上门前的隙地里去坐着曝背谈天，营屋外的生涯了；这一种江南的冬景，岂不也可爱得很么?

我生长江南，儿时所受的江南冬日的印象，铭刻特深；虽则渐入中年，又爱上了晚秋，以为秋天正是读读书，写写字的人的最惠节季，但对于江南的冬景，总觉得是可以抵得过北方夏夜的一种特殊情调，说得摩登些，便是一种明朗的情调。

我也曾到过闽粤，在那里过冬天，和暖原极和暖，有时候到了阴历的年边，说不定还不得不拿出纱衫来着；走过野人的篱落，更还看得见许多杂七杂八的秋花！一番阵雨雷鸣过后，凉冷一点；至多也只好换上一件夹衣，在闽粤之间，皮袍棉袄是绝对用不着的；这一种极南的气候异状，并不是我所说的江南的冬景，只能叫它作南国的长春，是春或秋的延长。

江南的地质丰腴而润泽，所以含得住热气，养得住植物；因而长江一带，芦花可以到冬至而不败，红时也有时候会保持得三个月以上的生命。像钱塘江两岸的乌桕树，则红叶落后，还有雪白的桕子着在枝头，一点一丛，用照相机照将出来，可以乱梅花之真。草色顶多成了赭色，根边总带点绿意，非但野火烧不尽，就是寒风也吹不倒的。

若遇到风和日暖的午后，你一个人肯上冬郊去走走，则青天碧落之下，你不但感不到岁时的肃杀，并且还可以饱觉着一种莫名其妙的含蓄在那里的生气；“若是冬天来了，春天也总马上会来”的诗人的名句，只有在江南的山野里，最容易体会得出。

说起了寒郊的散步，实在是江南的冬日，所给予江南居住者的一种特异的恩惠；在北方的冰天雪地里生长的人，是终他的一生，也决不会有享受这一种清福的机会的。我不知道德国的冬天，比起我们江浙来如何，但从许多作家的喜欢以 Spaziergang 一字来做他们的创造题目的一点看来，大约是德国南部地方，四季的变迁，总也和我们的江南差不多。譬如说十九世纪的那位乡土诗人洛在格（Peter Rosegger，1843—1918）罢，他用这一个“散步”做题目的文章尤其写得多，而所写的情形，却又是大半可以拿到中国江浙的山区地方来适用的。

江南河港交流，且又地滨大海，湖沼特多，故空气里时含水分；到得冬天，不时也会下着微雨，而这微雨寒村里的冬霖景象，又是一种说不出的悠闲境界。你试想想，秋收过后，河流边三五家人家会聚在一道的一个小村子里，门对长桥，窗临远阜，这中间又多是树枝槎丫的杂木树林；在这一幅冬日农村的图上，再洒上一层细得同粉也似的白雨，加上一层淡得几不成墨的背景，你说还够不够悠闲？若再要点景致进去，则门前可以泊一只乌篷小船，茅屋里可以添几个喧哗的酒客，天垂暮了，还可以加一味红黄，在茅屋窗中画上一圈暗示着灯光的月晕。人到了这一个境界，自然会得胸襟洒脱起来，终至于得失俱亡，死生不同了；我们总该还记得唐朝那位诗人做的“暮雨潇潇江上树”的一首绝句罢？诗人到此，连对绿林豪客都客气起来了，这不是江南冬景的迷人又是什么？

一提到雨，也就必然的要想到雪：“晚来天欲雪，能饮一杯无？”自然是江南日暮的雪景。“寒沙梅影路，微雪酒香村”，则雪月梅的冬宵三友，会合在一道，在调戏酒姑娘了。“柴门村犬吠，风雪夜归人”，是江南雪夜，更深人静后的景况。“前树深雪里，昨夜一枝开”又到了第二天的早晨，和狗一样喜欢弄雪的村童来报告村景了。诗人的诗句，也许不尽是在江南所写，而做这几句诗的诗人，也许不尽是江南人，但假了这几句诗来描写江南的雪景，岂不直截了当，比我这一枝愚劣的笔所写的散文更美丽得多？

有几年，在江南，在江南也许会没有雨没有雪地过一个冬，到了春间阴历的正月底或二月初再冷一冷下一点春雪的；去年（一九三四）的冬天是如此，今年的冬天恐怕也不得不然，以节气推算起来，大约太冷的日子，将在一九三六年的二月尽头，最多也总不过是七八天的样子。像这样的冬天，乡下人叫作旱冬，对于麦的收成或者好些，但是人口却要受到损伤；旱得久了，白喉、流行性感冒等疾病自然容易上身，可是想恣意享受江南的冬景的人，在这一种冬天，倒只会得到快活一点，因为晴和的日子多了，上郊外去闲步逍遥的机会自然也多；日本人叫作 Hiking，德国人叫作 Spaziergang 狂者，所最欢迎的也就是这样的冬天。

窗外的天气晴朗得像晚秋一样；晴空的高爽，日光的洋溢，引诱得你在房间里坐不住，空言不如实践，这一种无聊的杂文，我也不再想写下去了，还是拿起手杖，搁下纸笔，上湖上散散步罢！

济南的冬天

老舍

对于一个在北平住惯的人，像我，冬天要是不刮风，便觉得是奇迹；济南的冬天是没有风声的。对于一个刚由伦敦回来的人，像我，冬天要能看得见日光，便觉得是怪事；济南的冬天是响晴的。自然，在热带的地方，日光是永远那么毒，响亮的天气，反有点叫人害怕。可是，在北中国的冬天，而能有温晴的天气，济南真得算个宝地。

设若单单是有阳光，那也算不了出奇。请闭上眼睛想：一个老城，有山有水，全在天底下晒着阳光，暖和安适地睡着，只等春风来把它们唤醒，这是不是个理想的境界？小山整把济南围了个圈儿，只有北边缺着点口儿。这一圈小山在冬天特别可爱，好像是把济南放在一个小摇篮里，它们安静不动地低声地说：

“你们放心吧，这儿准保暖和。”真的，济南的人们在冬天是面上含笑的。他们一看那些小山，心中便觉得有了着落，有了依靠。他们由天上看到山上，便不知不觉地想起：“明天也许就是春天了吧？这样的温暖，今天夜里山草也许就绿起来了吧？”就是这点幻想不能一时实现，他们也并不着急，因为这样慈善的冬天，干啥还希望别的呢！

最妙的是下点小雪呀。看吧，山上的矮松越发的青黑，树尖上顶着一髻儿白花，好像日本看护妇。山尖全白了，给蓝天镶上一道银边。山坡上，有的地方雪厚点，有的地方草色还露着，这样，一道儿白，一道儿暗黄，给山们穿上一件带水纹的花衣；看着看着，这件花衣好像被风儿吹动，叫你希望看见一点更美的山的肌肤。等到快日落的时候，微黄的阳光斜射在山腰上，那点薄雪好像忽然害了羞，微微露出点粉色。就是下小雪吧，济南是受不住大雪的，那些小山太秀气！

古老的济南，城里那么狭窄，城外又那么宽敞，山坡上卧着些小村庄，小村庄的房顶上卧着点雪，对，这是张小水墨画，也许是唐代的名手画的吧。

那水呢，不但不结冰，倒反在绿萍上冒着点热气，水藻真绿，把终年贮蓄的绿色全拿出来了。天儿越晴，水藻越绿，就凭这些绿的精神，水也不忍得冻上，况且那些长枝的垂柳还要在水里照个影儿呢！看吧，由澄清的河水慢慢往上看吧，空中，半空中，天上，自上而下全是那么清亮，那么蓝汪汪的，整个的是块空灵的蓝水晶。这块水晶里，包着红屋顶，黄草山，像地毯上的小团花的灰色树影。这就是冬天的济南。

南京

朱自清

南京是值得留连的地方，虽然我只是来来去去，而且又都在夏天。也想夸说夸说，可惜知道的太少；现在所写的，只是一个旅行人的印象罢了。

逛南京像逛古董铺子，到处都有些时代侵蚀的遗痕。你可以摩挲，可以凭吊，可以悠然遐想；想到六朝的兴废，王谢的风流，秦淮的艳迹。这些也许只是老调子，不过经过自家一番体贴，便不同了。所以我劝你上鸡鸣寺去，最好选一个微雨天或月夜。在朦胧里，才酝酿着那一缕幽幽的古味。你坐在一排明窗的豁蒙楼上，吃一碗茶，看面前苍然蜿蜒着的台城。台城外明净荒寒的玄武湖就像大涤子的画。豁蒙楼一排窗子安排得最有心思，让你看的一点不多，一点不少。寺后有一口灌园的井，可不是那陈后主和张丽华躲在一堆儿的"胭脂井"。那口胭脂井不在路边，得破费点工夫寻觅。井栏也不在井上；要看，得老远地上明故宫遗址的古物保存所去。

从寺后的园地，拣着路上台城；没有垛子，真像平台一样。踏在茸茸的草上，说不出的静。夏天白昼有成群的黑蝴蝶，在微风里飞；这些黑蝴蝶上下旋转地飞，远看像一根粗的圆柱子。城上可以望南京的每一角。这时候若有个熟悉历代形势的人，给你指点，隋兵是从这角进来的，湘军是从那角进来的，你可以想象异样装束的队伍，打着异样的旗帜，拿着异样的武器，汹汹涌涌地进来，远远仿佛还有哭喊之声。假如你记得一些金陵怀古的诗词，趁这时候暗诵几回，也可印证印证，也许更能领略作者当日的情思。

从前可以从台城爬出去，到玄武湖边；若是月夜，两三个人，两三个零落的影子，歪歪斜斜地挪移下去，够多好。现在可不成了，得出寺，下山，绕着大弯儿出城。七八年前，湖里几乎长满了苇子，一味地荒寒，虽有好月光，也不大能照到水上；船又窄，又小，又漏，教人逛着愁着。这几年大不同了，一出城，看见湖，就有烟水苍茫之意；船也大多了，有藤椅子可以躺着。水中岸上都光光的；亏得湖里有五个洲子点缀着，不然便一览无余了。这里的水是白的，又有波澜，俨然长江大河的气势，与西湖的静绿不同。最宜于看月，一片空蒙，无边无界。若在微醺之后，迎着小风，似睡非睡地躺在藤椅上，听着船底汩汩的波响与不知何方来的箫声，真会教你忘却身在哪里。五个洲子似乎都局促无可看，但长堤宛转相通，却值得走走。湖上的樱桃最出名。据说樱桃熟时，游人在树下现买，现摘，现吃，谈着笑着，多热闹的。

清凉山在一个角落里，似乎人迹不多。扫叶楼的安排与豁蒙楼相仿佛，但窗外的景象不同。这里是滴绿的山环抱着，山下一片滴绿的树；那绿色真是扑到人眉宇上来。若许我再用画来比，这怕像王石谷的手笔了。在豁蒙楼上不容易坐得久，你至少要上台城去看看。在扫叶楼上却不想走；窗外的光景好像满为这座楼而设，一上楼便什么都有了。夏天去确有一股“清凉”味。这里与豁蒙楼全有素面吃，又可口，又贱。

莫愁湖在华严庵里。湖不大，又不能泛舟，夏天却有荷花荷叶。临湖一带屋子，凭栏眺望，也颇有远情。莫愁小像，在胜棋楼下，不知谁画的，大约不很古罢；但脸子开得秀逸之至，衣褶也柔活之至，大有“挥袖凌虚翔”的意思；若让我题，我将毫不踌躇地写上“仙乎仙乎”四字。另有石刻的画像，也在这里，想来许是哪一幅画所从出；但生气反而差得多。这里虽也临湖，因为屋子深，显得阴暗些；可是古色古香，阴暗得好。诗文联语当然多，只记得王湘绮的半联云：“莫轻他北地胭脂，看艇子初来，江南儿女无颜色，”气概很不错。所谓胜棋楼，相传是明太祖与徐达下棋，徐达胜了，太祖便赐给他这一所屋子。太祖那样人，居然也会做出这种雅事来了。

秦淮河我已另有记。但那文里所说的情形，现在已大变了。从前读《桃花扇》《板桥杂记》一类书，颇有沧桑之感；现在想到自己十多年前身历的情形，怕也会有沧桑之感了。前年看见夫子庙前旧日的画舫，那样狼狈的样子，又在老万全酒栈看秦淮河水，差不多全黑了，加上巴掌大，透不出气的所谓秦淮小公园，简直有些厌恶，再别提做什么梦了。贡院原也在秦淮河上，现在早拆得只剩一点儿了。民国五年父亲带我去看过，已经荒凉不堪，号舍里草都长满了。父亲曾经办过江南闱差，熟悉考场的情形，说来头头是道。他说考生入场时，都有送场的，人很多，门口闹嚷嚷的。天不亮就点名，搜夹带。大家都归号。似乎直到晚上，头场题才出来，写在灯牌上，由号军扛着在各号里走。所谓“号”，就是一条狭长的胡同，两旁排列着号舍，口儿上写着什么天字号、地字号等等的。每一号舍之大，恰好容一个人坐着；从前人说是像轿子，真不错。几天里吃饭、睡觉、做文章，都在这轿子里；坐的伏的各有一块硬板，如是而已。官号稍好一些，是给达富贵人的子弟预备的，但得补褂朝珠地入场，那时是夏秋之交，天还热，也够受的。父亲又说，乡试时场外有兵巡逻，防备通关节。场内也竖起黑幡，叫鬼魂们有冤报冤，有仇报仇；我听到这里，有点毛骨悚然。现在贡院已变成碎石路；在路上走的人，怕很少想起这些事情的了罢？

明故宫只是一片瓦砾场，在斜阳里看，只感到李太白《忆秦娥》的“西风残照，汉家陵阙”二语的妙。午门还残存着，遥遥直对洪武门的城楼，有万千气象。古物保存所便在这里，可惜规模太小，陈列得也无甚次序。明孝陵道上的石人石马，虽然残缺零乱，还可见泱泱大风；享殿并不巍峨，只陵下的隧道，阴森袭人，夏天在里面呆着，凉风沁人肌骨。这陵大概是开国时草创的规模，所以简朴得很；比起长陵，差得真太远了、然而简朴得好。

雨花台的石子，人人皆知；但现在怕也捡不着什么了。那地方毫无可看。记得刘后村的诗云：“昔日讲师何处在，高台犹以‘雨花’名。有时宝向泥寻得，一片山无草敢生。”我所感的至多也只如此。还有，前些年南京枪决囚人都在雨花台下，所以洋车夫遇见别的车夫和他争先时，常说：“忙什么！赶雨花台去！”这和从前北京车说“赶菜市口儿”一样。现在时移势异，这种话渐渐听不见了。

燕子矶在长江里看，一片绝壁，危亭翼然，的确惊心动魄。但到了上边，逼窄污秽，毫无可以盘桓之处。燕山十二洞，去过三个。只三台洞层层折折，由幽入明，别有匠心，可是也年久失修了。

南京的新名胜，不用说，首推中山陵。中山陵全用青白两色，以象征青天白日，与帝王陵寝用红墙黄瓦的不同。假如红墙黄瓦有富贵气，那青琉璃瓦的享堂，青琉璃瓦的碑亭却有名贵气。从陵门上享堂，白石台阶不知多少级，但爬得够累的；然而你远看，决想不到会有这么多的台阶儿。这是设计的妙处。德国被慈达姆无愁宫前的石阶，也同此妙。享堂进去也不小；可是远处看，简直小得可以，和那白石的飞阶不相称，一点儿压不住，仿佛高个儿戴着小尖帽。近处山角里一座阵亡将士纪念塔，粗粗的，矮矮的，正当着一个青青的小山峰，让两边儿的山紧紧抱着，静极，稳极——潭墓没去过，听说颇有点丘壑。中央运动场也在中山陵近处，全仿外洋的样子。全国运动会时，也不知有多少照相与描写登在报上；现在是时髦的游泳的地方。

若要看旧书，可以上江苏省立图书馆去。这在汉西门龙蟠里，也是一个角落里。这原是江南图书馆，以丁丙的善本书室藏书为底子；词曲的书特别多。此外中央大学图书馆近年来也颇有不少书。中央大学是个散步的好地方、宽大、干净、有树木；黄昏时去兜一个或大或小的圈儿，最有意思。后面有个梅庵，是那会写字的清道人的遗迹。这里只是随宜地用树枝搭成的小小的屋子。庵前有一株六朝松，但据说实在是六朝桧；桧阴遮住了小院子，真是不染一尘。

南京茶馆里干丝很为人所称道。但这些人必没有到过镇江扬州，那儿的干丝比南京细得多，又从来不那么甜。我倒是觉得芝麻烧饼好，一种长圆的，刚出炉，既香，且酥，又白，大概各茶馆都有。咸板鸭才是南京的名产，要热吃，也是香得好；肉要肥要厚，才有咬嚼。但南京人都说盐水鸭更好，大约取其嫩，其鲜；那是冷吃的，我可不知怎样，老觉得不大得劲儿。

逝去的时光不能再追回了，

永久地怀念吧。

图书在版编目（CIP）数据

回忆是生命的礼物 / 丰子恺等著 .—南昌：百花洲文艺出版社，2018.5（2018.9 重印）
ISBN 978-7-5500-2642-1

Ⅰ . ①回… Ⅱ . ①丰… Ⅲ . ①散文集 - 中国 - 当代 Ⅳ . ① I267

中国版本图书馆 CIP 数据核字（2018）第 010947 号

回忆是生命的礼物

HUIYI SHI SHENGMING DE LIWU

丰子恺 等 著

出 版 人 姚雪雪
出 品 人 柯利明 吴 铭
总 策 划 张应娜
责任编辑 陈 蓉
特约编辑 大 茶
营销编辑 刘亚男
封面设计 苏 艾
版式设计 风 筝
出版发行 百花洲文艺出版社
社　　址 南昌市红谷滩区世贸路 898 号博能中心 I 期 A 座 20 楼
邮　　编 330038
经　　销 全国新华书店
印　　刷 北京联兴盛业印刷股份有限公司
开　　本 787mm × 1092mm 1/32
印　　张 9
字　　数 160 千字
版　　次 2018 年 5 月第 1 版
印　　次 2018 年 9 月第 2 次印刷
书　　号 ISBN 978-7-5500-2642-1
定　　价 42.00 元

赣版权登字 05-2018-31

发行电话 0791-86895108
网址 http://www.bhzwy.com